COLLECTION FOLIO

Cesare Pavese

Le camarade

Traduit de l'italien
par Pierre Laroche

Gallimard

Titre original :

IL COMPAGNO

Cesare Pavese est né en 1908, au village de San Stefano Belbo, dans le Piémont. Ses parents n'étaient pas des paysans : sa mère appartenait à une riche famille de commerçants de Vercelli et son père travaillait au tribunal de Turin.

La mort de son père en 1914 et la dureté de sa mère le blessent et font de lui un enfant solitaire et taciturne. Il n'est vraiment heureux que dans sa campagne natale entourée de collines. Ses études secondaires, à Turin, l'habituent à la vie collective autour d'un remarquable professeur de lettres, Monti. Il commence à aimer Turin, il a des amis et il écrit des vers. L'adolescence de Pavese coïncide avec la montée du fascisme. Sans faire de choix politique, Pavese veut contribuer à une renaissance libérale de la culture et élargir l'horizon littéraire italien en y introduisant des écrivains anglo-saxons par des traductions, des essais et des articles. Sa thèse sur Walt Whitman fait scandale. Il traduit Melville, Dos Passos, Joyce, Gertrude Stein, Sherwood Anderson, Faulkner, Sinclair Lewis, Mathiessen.

Giulio Einaudi fonde sa maison d'édition en 1933 et prend comme principal collaborateur Pavese, qui est arrêté en 1935 et mis en résidence surveillée, pendant un an, à Brancaleone, en Calabre. A son retour à Turin, Pavese éprouve une cruelle déception sentimentale qui ravive son obsession du suicide. Il reprend pourtant ses activités chez Einaudi, fonde une filiale à Rome et surtout écrit le principal de son œuvre littéraire : *Avant que le coq chante*, *La lune et les feux*, *La plage*, *Dialogues avec Leuco*, et son journal, *Le métier de vivre*, qui sera publié après sa mort.

Le 27 août 1950, Pavese cède au « vice absurde » et se tue dans une chambre d'hôtel de Turin. C'est exactement la mort qu'il avait prêtée un an plus tôt à un de ses personnages, Rosetta, la jeune désespérée de *Entre femmes seules*.

I

Les gens m'appelaient Pablo parce que je jouais de la guitare. La nuit où Amelio se cassa les reins sur la route d'Avigliana, on était allé à quatre ou cinq sur la colline — pas bien loin, on voyait le pont — et on avait bu et plaisanté sous la lune de septembre jusqu'au moment où, à cause de la fraîcheur, il avait fallu rentrer. Alors les filles s'étaient mises à danser. Je jouais — Pablo par-ci, Pablo par-là — mais je n'étais pas satisfait, j'ai toujours aimé jouer pour des gens qui comprennent tandis que ceux-là avaient seulement envie de brailler. Je jouai encore de la guitare en rentrant et il y en avait qui chantaient. Le brouillard me mouillait les mains. J'en avais marre de cette vie-là.

Maintenant qu'Amelio se retrouvait à l'hôpital, je n'avais plus personne avec qui discuter et parler de ce que j'avais sur le cœur. On savait que c'était inutile d'aller le voir parce qu'il hurlait jour et nuit, jurait et ne reconnaissait plus personne. On alla voir sa moto qui était encore dans le fossé, contre une borne. La fourche s'était brisée, la roue avait sauté ;

c'était un miracle si elle n'avait pas pris feu. Il n'y avait pas de sang par terre, mais de l'essence. Plus tard, on vint chercher la moto avec une charrette à bras. Je n'ai jamais aimé les motos, mais c'était comme une guitare fracassée. Une chance qu'Amelio ne reconnaissait plus personne. Puis on dit qu'il s'en tirerait peut-être. Je pensais à tout ça en servant à la boutique ; je n'allais pas le voir parce que, de toute façon, c'était inutile et je ne parlais plus de lui avec personne. En revanche, en rentrant le soir, je pensais aux discussions que j'avais eues avec tout le monde, mais je n'avais dit à personne que j'étais seul comme un chien et pas seulement parce qu'Amelio n'était plus là — lui aussi me manquait pour parler de ça. A lui, peut-être, je l'aurais dit que cet été serait le dernier et que des bistrots, de la boutique et de la guitare, j'en avais marre. Lui, il comprenait ces choses-là.

Puis on apprit qu'Amelio était complètement dans le plâtre et que ses jambes mouraient. Je pensais à ça jour et nuit et j'aurais voulu qu'on ne me parle plus de lui. Maintenant, on racontait que cette nuit-là, il y avait une fille avec lui, qu'elle avait fait un plongeon dans le pré sans même se décoiffer, qu'ils étaient saouls et qu'on s'en tire une fois, on s'en tire deux fois, et puis ça finit comme ça. On en disait de toutes sortes. La fille, on me la montra un matin où elle passait dans l'avenue, en face de la boutique. Elle était grande, bien mise. Personne n'aurait dit en la voyant qu'elle avait fait ce plongeon. C'était bien le genre de fille pour Amelio, ça oui. L'idée que, pendant tout l'été, ils avaient parcouru les autoroutes, serrés l'un contre l'autre sur la moto, me fit râler. Après tout, ça valait la peine de se fracasser le crâne. Maintenant, on disait qu'elle allait le voir. Tant mieux. On n'avait pas besoin d'y aller, nous.

Pendant cette période, je ne restais pas beaucoup dans la boutique. Je sortais tout seul et j'allais au bord du Pô. Je m'asseyais sur un banc et je regardais les gens et les barques. C'était un vrai plaisir d'être au soleil le matin. Je voulais comprendre pourquoi j'en avais marre et pourquoi, précisément maintenant que je me sentais comme un chien, je ne voulais plus entendre parler des autres. Je pensais qu'Amelio ne pouvait pas s'asseoir et qu'il ne marcherait plus jamais. C'était sa vie, à Amelio — toute la journée, il essayait des moteurs —, comment ferait-il pour vivre maintenant ? Il pourrait peut-être retourner en barque. Mais, même si on a de l'argent, ce n'est pas une barque qui peut vous apporter une grande satisfaction, ce n'est pas une guitare, ce n'est rien. Je le voyais par moi-même. J'aurais payé cher pour savoir comment Amelio vivait avant de se casser les reins. Peut-être parce qu'il se passait de tout le monde et qu'il ne disait pas quatre mots dans une conversation, il ne m'était jamais venu à l'idée de lui en parler. Souvent, le soir, j'étais sorti avec lui — je jouais de la guitare, ça nous plaisait à tous les deux —, on buvait un verre puis on retournait, lui vers l'avenue, moi à la boutique. Je l'avais toujours connu avec cette veste imperméable de motocycliste. Il passait un moment à la maison et disait : « A ce soir ? » Les filles avec qui il sortait, il ne les avait jamais montrées. Au bistrot, s'il arrivait quelqu'un d'autre, lui restait à sa table.

Un matin, la fille qu'on m'avait montrée dans l'avenue entra d'un air décidé, en riant, et elle me demanda qui était Pablo.

« Je suis Linda, dit-elle. C'est Amelio qui m'envoie ; il est rentré et il ne peut pas bouger. Il voudrait voir quelqu'un. »

Ma mère qui était dans la boutique s'informa de la santé d'Amelio. Elles parlèrent un peu entre femmes et Linda regardait autour d'elle. Elle était joyeuse, elle vous redonnait courage. Je n'avais encore entendu personne parler ainsi de cette histoire.

J'allai chez Amelio le lendemain et je le trouvai au lit, la fenêtre ouverte. Il ne dit rien des jours passés, il ne dit pas qu'il m'avait fait appeler. Il était toujours grand et maigre et portait un chandail jaune ; son visage était resté le même mais fatigué comme celui de quelqu'un qui n'a pas dormi. La chambre était en désordre. Par la fenêtre, le brouillard entrait doucement. On se serait cru dans la rue.

Je ne lui demandai pas comment ça s'était passé parce qu'on le savait bien. Lui me demanda ce que je faisais et si je m'étais beaucoup servi de ma guitare ces mois-ci. Je haussai les épaules. « Ma guitare ? Penses-tu. » Je sortis mes cigarettes ; j'allumai la sienne puis la mienne.

« On a été voir ta moto, lui dis-je. Elle est dans un drôle d'état. Tu vas la vendre en pièces détachées ?

— Une moto, ça se répare, me fit-il. Ça n'a pas de jambes, une moto. »

Le brouillard qui entrait me mouillait les mains. Dehors il faisait frais, c'était le matin. « Dis donc, lui demandai-je, tu n'as pas froid ?

— Oui, ferme, il fait froid. »

Je passai devant le miroir et je vis son image. De son lit, il se voyait toute la journée comme s'il s'était penché d'une barque. Il voyait d'abord les couvertures, puis un morceau du drap, puis son chandail, son visage et ses mâchoires, et toute cette fumée.

« Tu fumes beaucoup ? » lui demandai-je.

Il fit tomber la cendre avec son doigt et ricana.

« C'est la première. Je finirai le paquet dans la nuit. »

J'étais venu de la boutique avec une cartouche de cent cigarettes et je ne savais pas comment les lui offrir. Je saisis le moment et je les mis sur son lit parmi les journaux.

« Ma guitare, je ne l'ai plus emportée depuis ce jour-là, dis-je en les posant. J'en ai marre. Est-ce que ça vaut le coup de prendre une guitare pour amuser quatre idiots qui te donnent rendez-vous le soir dans les prés ? Ils font du chahut, ils font les fous, qu'est-ce que la guitare a à voir là-dedans ? Maintenant, si je veux jouer, je reste tout seul.

— Même tout seul, ce n'est pas gai, observa Amelio. Tu as de la chance de ne pas être obligé de jouer pour vivre. »

Est-ce que je pouvais lui dire que j'en avais marre de la vie que je menais et que j'aurais préféré jouer pour vivre ? Que le monde était grand et que je voulais changer ? le parcourir et changer ? Ce matin-là, je savais seulement que je ferais quelque chose. Il n'était encore rien arrivé.

« Si tu jouais pour vivre, tu comprendrais tout », dit Amelio, jetant son mégot et levant la tête. Il était maigre, sa gorge saillait comme un os.

Je retournai chez lui plus tard, un matin. J'aimais cette heure-là parce qu'il n'y avait personne dans la maison. On entrait dans la cuisine en poussant la porte, je disais : « On peut entrer ? » et je me trouvais dans la chambre toujours froide et grande ouverte.

Amelio aimait mieux rester au froid comme s'il avait encore été sur l'avenue. Quand il ne s'appuyait pas sur son coude pour se déplacer et se coucher sur le côté, il avait toujours le nez en l'air pour respirer. Je m'asseyais au pied du lit pour ne pas presser sur ses jambes.

« Ça te fait mal ? »

Il me regardait sans sourciller. Il y avait des questions auxquelles il ne répondait pas. Amelio était comme ça. Il répondait de cette façon, en restant silencieux. Je lui demandai une fois si personne ne venait le voir. Il me montra du regard un petit bouquet de fleurs dans un verre à côté du lit.

« Ça te va bien », lui dis-je.

Je ne savais pas comment lui redonner courage. Il me semblait qu'il en avait plus que moi. Il ne parlait pas du moment où il serait guéri. Il ne parlait de rien. Amelio était comme ça. Je disais quelque chose, parfois je m'animais, lui m'écoutait, répondait à voix basse.

« Et tu ne vas plus dans les prés ? disait-il.

— Je ne sais pas ce qui m'arrive. Je n'ai plus envie de voir personne. Ça ne me dit rien non plus de rester à la boutique. C'est peut-être parce que j'ai envie de ne rien faire mais je ne crois pas. Il y a tellement de gens dans le monde et tous font quelque chose, tous vivent. Toi qui étais toujours en mouvement, tu le sais bien. Ça sert à quelque chose de rester chez soi ?

— Mais tu as une petite amie ?

— Qu'est-ce que ça peut faire ? On la plaque et on s'en trouve mieux.

— Ça dépend. »

Pourquoi parlais-je de cette façon justement avec lui qui était estropié ? Je ne savais pas avec qui le faire. Je ne m'en apercevais qu'après, dans la rue, quand j'éprouvais cette sensation de soulagement à sortir de sa chambre, à échapper aux odeurs de couvertures et de saleté, à la difficulté de parler. Alors, j'avais honte d'avoir dit que je ferais ci ou ça, que je chercherais, que je m'en irais ; qu'est-ce que ça pouvait lui faire à lui qui était estropié, cloué au lit ?

Une fois, sur le pas de la porte, je rencontrai Linda qui sortait. Elle me jeta un coup d'œil et passa. Je montai lentement l'escalier pour ne pas arriver quand il pensait encore à elle ; je me disais « Si j'étais venu un peu plus tôt, je les trouvais ensemble. » A cette époque-là, j'avais beau parler comme quelqu'un qui en sait long, je ne connaissais pas encore bien les filles. J'en rencontrais le soir au cinéma et, avant, en barque ou au bal, et puis toutes celles qui venaient à la boutique. Mais ce n'est pas ça une fille. Je ne connaissais encore rien. J'entrai chez Amelio en frappant à la porte pour qu'il m'entende. Il était un peu redressé sur son oreiller et il fumait ; son mégot pendait, collé à sa lèvre. Cette fois, je lui demandai quand il comptait se lever. En même temps, je sentais le parfum de Linda et je comprenais pourquoi la fenêtre était ouverte. Je ne fis pas attention à ce qu'il dit parce que, du regard, je cherchais les fleurs et qu'elles n'étaient pas là.

« On ne t'a pas rapporté de bouquet », dis-je.

Sur la chaise, il y avait une tasse et une assiette sales. Sur le lit, au milieu des journaux, son imperméable étendu ; ce matin-là, la chambre était très en désordre. Il faisait froid comme toujours. Il avait plu la nuit, mais, dans l'avenue, le soleil se montrait. On entendait le vacarme des voix au marché, les gens qui allaient et venaient.

« Ça te va si je viens à cette heure-ci ? » lui demandai-je.

Amelio haussa les épaules et cracha son mégot. « Va par là, prends un verre », dit-il. Quand je revins, il avait pris une bouteille qui se trouvait par terre et s'était versé une tasse de cognac ; il m'en donna autant à moi. « Au lieu des fleurs, on t'a apporté de l'alcool, dis-je. Ça ne te fait pas de mal à cette heure-ci ? »

Il avala, puis répondit : « Je n'ai pas à marcher. »

C'était bon ; déjà à cette époque, j'aimais bien boire un petit verre le matin.

« Ne bois pas trop », dis-je.

Je sortis mes cigarettes ; pas une seule fois je ne savais à quel moment les lui laisser ; je les mis sur la chaise aux assiettes. Il les regarda et posa sa tasse comme si de rien n'était.

« C'est la petite voiture ou les béquilles, fit-il brusquement. Paralysie. »

Je m'attendais à ce moment depuis le premier jour où j'étais venu le voir. Toutes les autres discussions n'étaient que des mots. « Regarde-moi ça, pensai-je, il ne s'est même pas rasé pour elle. » Je ne dis rien ; je fis seulement une grimace comme quelqu'un qui n'y croit pas. Je pensai que dehors il y avait du soleil. Je posai mon regard sur son lit, là où étaient ses jambes.

« Qu'est-ce qu'ils disent, les médecins ?

— Oh ! Eux... » Soufflant à cause de l'effort, il rejeta ses couvertures en s'appuyant sur un bras. Il découvrit deux cuisses noires de poils et desséchées de la hanche au genou. Elles semblaient mortes, deux branches sèches d'un arbre mort, et elles n'étaient pas plus grosses que son bras. Mais son chandail s'arrêtait plus haut. Je fis semblant de regarder ses jambes.

Lui ne disait rien, je ne dis rien non plus. Il se tordait sur son bras et ses jambes étaient mortes. Je jetai un coup d'œil vers les vitres. Je dis : « Tu as froid. » De la tête, il fit signe que non et il avait l'air mauvais. Alors je me levai et j'allai fermer la fenêtre.

Ce soir-là, Linda vint me chercher à la boutique et me demanda si j'avais des nouvelles d'Amelio.

Je m'étonnai : « Vous ne vous êtes pas vus ?

— Je sais qu'on l'a déplâtré, dit-elle. Sale histoire. »

Dans la boutique, il y avait Lario et Chelino en train de l'écouter et qui la regardaient. Après un instant, elle me demanda quand j'irais le voir. Chelino intervint et commença à dire des idioties. « Il préfère quand ce sont des filles qui vont le voir... » Chelino, déjà à cette époque-là, je ne pouvais pas le souffrir ; c'était un de ces types qui vous suivent et qui vous disent : « Ce soir, on va se marrer », et vous jouez de la guitare et ça chante et ça boit et puis, le lendemain, on vous raconte que votre guitare, vous l'avez achetée avec l'argent de votre mère et que si vous avez donné des cigarettes à tout le monde, c'était pour ne pas payer le vin et que vous sortez avec Amelio parce que c'est un extrémiste et que vous êtes un couillon. Mais Linda lui lança un coup d'œil en riant, comme elle savait le faire, et on comprenait qu'elle riait pour ne pas avoir à lui répondre.

Elle me demanda si je voulais qu'on aille le voir ensemble.

Quand nous fûmes dans l'avenue tous les deux, elle regarda autour d'elle et ralentit. « Amelio va mal, dit-elle. Il ne pourra plus jamais marcher. Je voudrais savoir ce qu'il vous dit à vous autres quand vous allez le voir.

— Il n'y a que moi qui y vais...

— Non, dit Linda, il a beaucoup d'amis qui y vont.

— Je ne les connais pas.

— Ne t'énerve pas, Pablo, fit Linda en riant et elle me prit par le bras. Marchons. Je ne veux pas monter chez Amelio. Écoute, je tutoie mes amis. »

Ce soir-là, nous nous promenâmes en parlant de tout. Je suis bien le soir si j'ai eu le temps de m'habiller ; j'aime avoir une cravate assortie, mais Linda me dit que cette couleur-là n'allait pas. « Je suis sorti comme je suis, pour aller chez Amelio, non ?

— Ça ne fait rien. Ce soir, on parle. »

Quand je dis que je l'avais rencontrée devant chez Amelio le matin même, elle ne répondit pas. Elle ne voulait pas en entendre parler. Elle arrêtait de bavarder et elle changeait de conversation en riant. Elle me parla du temps où elle allait avec Amelio faire des randonnées, du jour où elle avait fait le plongeon dans le fossé, de la robe qu'elle avait déchirée.

« Mais pourquoi sommes-nous ensemble ce soir ? » dit-elle tout à coup en s'arrêtant. Nous passions au fond d'une petite place où je n'étais jamais allé.

« Où allons-nous ?

— Ah ! je voulais te demander si on peut l'aider. » Elle parlait ainsi en changeant d'humeur, comme si elle avait bu. Mais elle n'était pas sotte. Ce n'était pas facile de la suivre dans la conversation. Je lui donnais le bras et je discutais. A chaque instant, j'oubliais de la tutoyer. J'étais en sueur.

« Je voudrais qu'Amelio se remette debout et qu'il se déplace, disait-elle d'un air boudeur.

— Pas à moto ?

— Et toi, pourquoi n'as-tu pas de moto ? »

Alors je dis qu'à chacun son métier et qu'Amelio était plus débrouillard que moi, que je vivais dans l'avenue et que je fréquentais seulement les tabacs et les marchands de vélos.

« Mais tu fais bien quelque chose. »

Je ne pensais pas que je jouais de la guitare ; c'est elle qui me le dit. « Tu joues bien ?

— C'est difficile à savoir.

— Un de ces soirs, je veux t'écouter. »

Alors, il faudrait se revoir, lui dis-je en riant.

« Évidemment. »

Nous nous assîmes dans un café et ainsi je pus la voir bien de face. Quand je parlais, elle me regardait droit dans les yeux. Moi, je pensais aux jambes d'Amelio.

Pour savoir si elle aussi les avait vues, je lui racontai ma visite du matin. Elle fit une grimace et ferma les yeux ; elle me laissa dire. Je n'avais pas terminé qu'elle posa sa main sur mon bras et dit en hâte :

« Il faut l'aider. Il ne peut plus travailler.

— Moi non plus, je ne travaille pas. Je vis chez mes parents.

— Pourquoi ne joues-tu pas dans un orchestre ? »

Il fallait une soirée comme celle-ci pour dire ça. Je n'y aurais jamais pensé. Ma guitare, c'était bon pour le bistrot du bout de l'avenue. Ce n'était pas un travail. J'aimais jouer tout seul.

« Tu vas quelquefois danser ? »

Nous décidâmes que nous irions danser. Je la quittai sous les arcades. Elle habitait Piazza Castello.

II

Je ne dis pas à Amelio que j'étais sorti avec Linda. Maintenant, dès qu'on entrait, ce qu'on sentait, c'était ce parfum. La fenêtre était ouverte mais, dans l'air froid, je sentais le parfum. Je regardais les bouts de cigarettes par terre pour voir s'ils étaient marqués de rouge à lèvres.

« Tu vas guérir, tu verras, disais-je, il suffit de faire de l'exercice.

— Quel exercice ?

— Tu n'as pas appris à marcher, quand tu étais petit ?

— Avec quelles jambes ? »

Il ne parlait plus des fleurs. Il ne se rasait plus. Il avait vidé la bouteille de cognac.

« Si tu continues comme ça, tu vas leur faire peur, disais-je.

— A qui ?

— Aux filles. »

Un matin, il me demanda d'apporter ma guitare. Depuis quelques jours, il suffisait que je murmure : « Ne t'énerve pas, Pablo », pour me sentir heureux.

Je vins avec ma guitare et, assis sur le lit, j'essayai de jouer. Lui m'écoutait, la tête sur l'oreiller. Il fermait les yeux comme Linda. Mais il ne remarqua pas que je jouais mal. Il resta silencieux. Je lui dis : « Demain, j'apporterai quelque chose à boire. »

Le lendemain, je m'assis au café en face de la porte de chez lui et je restai la moitié de la matinée à attendre de voir sortir Linda. Je vis sortir la mère d'Amelio, je vis les gens aller et venir, mais Linda ne vint pas. A l'heure habituelle, je montai avec ma fiasque et ma guitare ; je jouai avec plus de plaisir, on but et on bavarda. Je n'étais plus aussi sûr de sentir le parfum de Linda. Je passai d'autres matinées dans le café pour la guetter. Je ne la vis pas passer.

« Dis donc, fis-je un matin à Amelio, tu as eu de la chance que ce soit toi qui t'es fait mal. Vous étiez soûls. Rends-toi compte.

— Je me rends compte.

— La fille qui était avec toi ne s'est rien fait ?

— Les femmes ne se font jamais rien.

— Mais vous étiez soûls ?

— Qui est-ce qui a dit ça ? »

Une fois, il me demanda si j'allais danser.

« Je n'en ai pas envie, lui-dis-je. Je me balade.

— Tu n'as pas envie de femmes ?

— Ce n'est pas la saison. Tu t'en passes, je peux bien m'en passer.

— Ce miroir, dit-il. On a l'impression d'être au cinéma.

— Moi, je voudrais que ce soient les femmes qui viennent me chercher, repris-je. Rester au lit comme toi. Les laisser faire. De toute façon, ça revient au même. »

Amelio se regardait là-haut, sans répondre.

« Tu ne travailles pas, tu ne cherches pas de filles, disait-il. Tu es jeune. Et tu as l'air satisfait. »

A partir de ce jour, j'essayais, quand j'allais le voir, de faire comme si je n'avais jamais vu Linda. Je pensais aux jambes d'Amelio et à sa moto. Mais c'est Linda qui me venait à l'esprit. Je la sentais contre mon bras, qui touchait mon genou en dansant, et qui riait et qui marchait.

Je ne jouais pas souvent de la guitare dans la chambre d'Amelio. On ne pouvait pas se soûler tous les matins. L'après-midi, je n'y allais pas. Il y avait sa mère qui s'affairait dans la cuisine et qui ne voulait pas que nous buvions. Une fois, elle me retint dans l'entrée pour parler. Elle ne pleurait pas, elle n'élevait pas la voix, elle ne voulait pas qu'Amelio entende — elle me disait que déjà quand il était gosse, une fois son père l'avait battu et laissé pour mort parce qu'il se sauvait à bicyclette Dieu sait où. Amelio avait souffert de maux de tête pendant des mois et c'est un docteur qui l'avait guéri en lui faisant une piqûre, dans cette cuisine-là justement. A quoi servait l'hôpital maintenant, qu'on y gardait les gens si longtemps et qu'ils ne guérissaient pas ? On leur mangeait leur argent puis on les renvoyait chez eux. Maintenant Amelio ne pouvait plus rien faire. En l'écoutant dire ainsi ce qu'elle avait sur le cœur, j'avais honte d'être moi-même et d'avoir apporté ma guitare. Je répondais qu'Amelio était un type bien et qu'il trouverait certainement du travail.

« Il gagnait et il dépensait, dit-elle, il dépensait avec tout le monde. Est-ce qu'il y en a un qui lui ait seulement rendu un sou ? J'ai vendu la radio, je n'ai plus d'argent sur mon livret. Qu'est-ce qu'ils lui ont donné, ces gens-là ?

— Il a des amis, on l'aime bien.

— Ils viennent seulement pour faire des discours... »

De sa chambre, Amelio se mit à crier qu'elle me laisse rentrer chez moi.

« Celui qui se porte bien ne pense pas aux malades », dit encore la vieille.

Cette fois, c'est moi — la nuit sur la colline — qui demandai à Linda pourquoi nous ne faisions pas quelque chose pour lui.

« J'ai déjà fait beaucoup, répondit-elle sèchement. A l'hôpital, je l'ai soigné. Quand toi tu ne savais même pas où il était. J'ai arrangé ses histoires. Demande-lui un peu qui est-ce qui lui a récupéré son argent à Novare.

« Non, ne lui demande rien, dit-elle aussitôt en me prenant par le bras. Qu'il ne te pose pas de questions à son tour. »

Quand elle parlait comme ça, je comprenais qui elle était. Nous nous étions raconté bien des choses ce soir-là, nous avions beaucoup plaisanté, mais il suffisait d'un instant pour qu'elle me fasse peur. Si nous en étions venus à nous disputer à ce moment-là, je ne l'aurais pas revue. Je ne savais ni où elle habitait ni comment elle vivait. Nous plaisantions seulement. Nous plaisantions à tout propos. Avec elle, c'était un plaisir de plaisanter, c'était une façon d'être d'accord. Mais on sentait qu'il y avait autre chose en elle.

« De toute façon, Amelio ne dansait pas avec toi, lui dis-je au retour. Il n'y a rien de mal si nous allons danser ensemble.

— Tu as raison. »

Nous bavardâmes, Amelio ne pouvait plus danser, mais il pouvait se soûler, il pouvait s'asseoir, il pouvait même faire l'amour. Elle disait qu'il devait avoir envie de faire l'amour. « Tout le monde en a envie, disait-elle, tu ne le sais pas ? »

Puis elle me demanda en riant si Amelio ne m'avait jamais demandé de lui chercher une femme.

« Je lui en aurais bien envoyé une moi-même, disait-elle, mais je n'en connais pas. Je ne connais que des hommes.

— Une femme irait chez lui ?

— Pourquoi pas ? »

Alors je dis : « C'est à toi d'y aller.

— Je ne veux pas lui faire cette saloperie », dit-elle.

Linda me dit le lendemain qu'elle voulait savoir quand j'irais chez Amelio, pour y venir elle aussi. « Je veux t'entendre parler. Savoir ce que vous vous dites entre hommes. »

J'y allai à l'heure où la mère n'était pas là et j'apportai ma guitare. Il était resté un peu de vin et nous le bûmes. Je posai ma guitare sur le lit, lui la prit et se mit à gratter les cordes. Il se taisait et écoutait en baissant la tête. « S'il savait jouer, pensai-je, il pourrait sortir avec des béquilles et demander l'aumône. » Et alors je me rendis compte que ceux qui demandent l'aumône, tous ceux qui se trouvent au coin des rues, et qui sont estropiés, qui sont aveugles, qui ont des croûtes, étaient auparavant des jeunes gens comme Amelio. Est-ce que Linda y pensait ? Je fus pris d'un accès de colère à l'idée qu'elle allait venir ce matin-là.

Quand Amelio me rendit la guitare, je me mis à jouer avec calme comme si j'avais été seul et peu à peu j'y pris plaisir, je ne m'arrêtais pas, je cherchais des transitions d'un thème à un autre. Je ne sais pas si Amelio me comprenait. Lui, il était de ceux qui aiment le chant d'une guitare, qui aiment la main qui joue, l'habileté, pas la finesse. Il comprenait les thèmes, pas les transitions. Il regardait mes doigts.

A un certain moment, je lève la tête et je vois Linda sur le seuil, le doigt sur les lèvres, l'air joyeux.

Amelio s'était soulevé sur son coude.

Elle commença aussitôt à parler et dit que personne ne l'éveillait le matin en jouant de la guitare, que nous faisions ça en cachette mais que, cette fois, elle voulait écouter elle aussi. Elle vint jusqu'au lit et regarda Amelio, caressa sa couverture. Elle ne dit rien de la fiasque posée par terre. Je me levai du bord du lit pour qu'elle s'assoie.

« A cette heure-ci ? » fit Amelio d'une voix plus sombre. Mais il s'allongea et sembla rester calme.

Je compris que je devais partir, fuir, que, de toute façon, ça ne servait à rien. Linda avait une écharpe de soie bleu ciel ; elle allait et venait dans la chambre comme si elle y avait toujours été.

« Il y a longtemps que vous vous amusez? demanda-t-elle brusquement. Laissez-moi m'amuser un peu moi aussi. »

Puis elle me dit : « Tu ne parles pas? Tu sais, Pablo, on se tutoie. Tu le lui as dit? »

Amelio, silencieux, se regardait dans le miroir.

« Tu n'as plus envie de jouer? reprit Linda. Je vais faire du café. Prends garde, j'écoute. »

Elle passa dans la cuisine. Ma guitare pesait à mon bras. J'aurais donné n'importe quoi pour être dans la cuisine.

« Fais comme tu veux, me dit Amelio. Si tu veux jouer, joue encore. »

Alors je m'assis sur le lit et je posai ma guitare. Je ne jouais pas, je l'effleurais seulement. Je faisais mine de ne pas m'en apercevoir et de réfléchir. Amelio alluma une cigarette. On entendait dans la cuisine le bruit des tasses.

Linda cria : « Viens m'aider. »

Je la croisai en passant la porte et je lui jetai un regard. Elle avait un verre dans chaque main et me dit de prendre le mien. En passant, elle me heurta de la hanche.

Quand je revins, ils étaient déjà en train de parler. « Si tu buvais du café, lui disait-elle, ça te ferait un peu plus de bien que le vin.

— Oh écoute, fiche-moi la paix », répondit Amelio.

Puis ils parlèrent de la moto. Linda lui demanda si le type était venu la voir. « Quand je l'aurai vue moi aussi, dit Amelio, on en reparlera.

— Moi non plus, je n'ai pas un sou, fit Linda. Un qui se la coule douce, c'est Pablo. »

Elle me regardait. Amelio me regarda lui aussi.

« Tu ne joues pas, tu ne parles pas, dit Linda en riant. Tu ne veux pas me tutoyer. Tu penses toujours à faire quelque chose pour Amelio ? »

Amelio intervint : « Quel rapport ? »

J'avais posé ma guitare sur son lit. Je demandai précipitamment : « Tu veux que je joue ? »

Je me jetai sur le thème de tout à l'heure et je le jouai comme un fou. En sourdine mais sans bien savoir où allait ma main. Et, en jouant, je sentais à nouveau que ce thème me plaisait, c'était une sorte de jouissance, mais je savais que, de toute façon, ça ne servait à rien, que j'aurais dû être dans la rue. Ils m'écoutèrent sans parler et, à la fin, Linda fit une grimace.

Amelio dit que j'avais bien joué. « Ça ne te donne pas envie de danser ? demanda Linda en lui enlevant son verre des mains. Tu te rappelles ce bal chez Gigi, où il n'y avait que la guitare ? »

Amelio s'anima.

« Tu te rappelles, continua Linda. Il faisait tellement froid que tout le monde avait relevé son col. Le guitariste trempait ses mains dans l'eau-de-vie pour tenir le coup.

— Même la route était couverte de verglas, dit Amelio. C'est la nuit où on a dérapé.

— Il fallait être fous. Sous un hangar, en janvier. »

Linda ramassa un journal par terre et demanda : « Tu lis tous les journaux ? »

Puis, s'adressant à moi, elle poursuivit : « Tous les journaux de Turin sont pour lui. »

Je la regardai sans rien dire.

« Pablo, au contraire, il est comme moi. Il ne les lit pas, les journaux.

— Il ne perd pas grand-chose », dit Amelio.

Je ne savais plus que faire. Je ne savais pas si Linda en avait marre de moi. Je ne savais si Amelio avait déjà compris la situation. Je les regardais parler. J'aurais voulu être parti, être au bord du Pô. Je pensais à Linda dans cette chambre, rien qu'avec lui.

Je dis en me levant : « Adieu. Je vais chez moi.

— Tu ne veux pas que je reste ici ? demanda Linda, et elle me fixa durement.

— Je ne veux rien, répondis-je brusquement. il faut que je m'en aille.

— Tu m'en veux ? » reprit Linda.

Je haussai les épaules et fourrai ma guitare dans sa housse. Je l'aurais cassée en deux.

« Donne-moi au moins une cigarette, dit Linda.

— Elles sont sur le lit. » Et je partis.

Je finis la matinée en marchant au hasard. Il bruinait et il y avait de la boue. J'étais au bout de Turin, dans une rue perdue, et je me rappelais cette nuit où j'allais avec Linda et où elle s'était arrêtée sur la petite place et avait dit : « Mais pourquoi sommes-nous ensemble ce soir ? » Où pouvait bien être cette place ? Je m'arrêtai. Dans la rue, il ne passait pas un chat.

Pendant ce temps-là, Linda était allée me chercher à la boutique et m'avait laissé un mot. Elle disait seulement que, quand je serais mieux luné, il faudrait que j'aille voir Amelio qui était seul. Elle l'avait écrit sur le comptoir, donc elle espérait me trouver à la maison.

Je n'y allai pas, chez Amelio, et, pendant quelques jours, je ne quittai guère la boutique. J'étais toujours sur le seuil et je fumais plus de cigarettes que je n'en vendais. Mais il y avait des matins de brume et de soleil où je pensais que Linda montait l'escalier d'Amelio, qu'ils parlaient ensemble, qu'elle caressait ses couvertures, l'embrassait et l'enlaçait. Puis je pensais à la voix de Linda quand elle voulait le consoler et qu'elle disait : « Tu te rappelles ? » Peut-être étaient-ils en train de faire l'amour en ce moment même. Le soir, je sortais avec celui-ci ou celui-là, un peu avec Lario, un peu avec les autres, j'allais voir les filles, j'allais au ciné, je ne parlais plus d'Amelio, et si quelqu'un en parlait, je me taisais. Mais je pensais : « Tout ça pour rien. Parce que Linda est une imbécile. » Mais je comprenais qu'au contraire, ce n'était pas une imbécile et que, en somme, elle préférait Amelio estropié à moi qui ne savais que jouer de la guitare comme le type à l'eau-de-vie. Et j'attendais, convaincu qu'elle ne viendrait jamais plus.

Et elle vint, au contraire, le visage joyeux. Elle entra d'un air décidé — il n'y avait personne — et elle me demanda si ça m'était passé. A ce moment-là, ma mère rentra et Linda, sérieusement, acheta des timbres. Si sérieusement que ma mère ne remarqua pas qui c'était. « Voilà, pensais-je, ça, c'est Linda. » Mais ensuite elle se fit reconduire jusqu'à la porte et me dit qu'elle n'avait pas revu Amelio. Elle avait la même écharpe au cou. « Tu veux qu'on sorte ce soir ? » me demanda-t-elle.

III

C'est ainsi que nous recommençâmes à sortir ensemble, mais, cette fois, il était clair que nous étions nous deux et non plus de simples amis. Linda connaissait de nombreux endroits sur la colline où hommes et femmes venaient en voiture. On y payait un peu plus cher, mais on pouvait être certains que personne ne nous reconnaîtrait et que ni Lario ni les autres ne viendraient. On dansait tranquillement, puis on s'asseyait pour bavarder. Linda me demanda si j'aimais les orchestres.

« Ça doit te plaire, à toi qui es musicien, disait-elle. Tu joues vraiment bien. L'autre jour j'ai compris qui tu es. Pourquoi n'apportes-tu pas ta guitare au *Paradiso* ?

— Tu es folle. Ils nous mettraient dehors.

— Alors on danse. »

Puis nous commençâmes à nous embrasser quand on baissait la lumière. Linda dansait très serrée, et c'est elle qui cherchait ma bouche. Je le savais depuis longtemps que ça devait finir ainsi, mais avec Linda, c'était quelque chose de nouveau. On n'avait pas l'impression que c'était interdit. Je ne pouvais pas rester près d'elle sans la toucher ; ça m'était impossible.

Peu à peu nous allâmes régulièrement au *Paradiso*. Il faisait froid sous les arbres. Je rêvais d'une voiture, ou de la moto d'Amelio.

« Tu venais ici avec Amelio ? lui demandai-je un soir.

— J'y viens chaque fois que je peux.

— Tu y venais seule ?

— On n'est jamais seul dans un bal.

— Écoute, lui dis-je, raconte-moi tout ce que tu as fait avec Amelio. »

Elle me regardait en riant.

« Ça ne te suffit pas qu'on danse ensemble ce soir ? Il ne vaut pas mieux danser que parler des autres ? » Puis elle dit : « Je menais une vie très agitée. J'allais à Novare, à Saluces, à Casale. Il m'emmenait à moto quelquefois. On partait le matin. Je rendais visite aux clientes. »

Elle me raconta comment elle l'avait connu un an plus tôt. Elle était allée sur la Riviera porter des modèles. Elle s'était baignée en mer et avait oublié son écharpe bleue sur la plage. « Elle est très belle, dit-elle. On n'en trouve plus. » Le lendemain, elle était allée aux courses. Arriva un type très grand et de sa veste de cuir sortait de la soie bleue. « Cette écharpe est à moi. » Amelio l'avait ôtée, flairée, puis il avait dit : « Voyons ça », puis il avait flairé son épaule. « Vous avez raison. » Voilà comment ils s'étaient rencontrés.

« Je ne savais pas qu'Amelio s'y connaissait en parfums.

— Amelio est très fort. »

Ce soir-là, en dansant, je cherchais le parfum de Linda ; j'aurais voulu être au bord de la mer, être au soleil avec elle, m'éveiller le matin avec elle, prendre le train, travailler, courir les routes et tout savoir, ce qu'elle avait été avec Amelio, ce qu'elle avait été dans son enfance, connaître toute sa vie. Linda s'aperçut que mes mains tremblaient, elle m'embrassa et me prit par le bras tandis que nous retournions nous asseoir. « Qu'est-ce que tu as ? » me demanda-t-elle, le visage tout rouge.

C'est ce soir-là que tout est arrivé — je me rappelle que Linda était très nerveuse. Ce soir-là, nous rencontrâmes Lubrani. Au bal, parfois, quelqu'un nous saluait de loin, mais Linda ne s'était jamais exclamée de surprise pour personne. Lui, il vint jusqu'à notre table et dit : « Tu es ici, toi. »

Linda poussa un cri et lui prit les mains. Je vis à peine qu'il était corpulent, un gros homme sanguin avec des moustaches et un pardessus. Ils commencèrent un échange de répliques du tac au tac. Finalement, je dus le gratifier d'un bonsoir et le garçon vint prendre son pardessus.

Il se présenta : « Lubrani », et s'assit. Il parla avec Linda tout en me dévisageant. C'est lui qui parlait. Linda riait. C'était un de ces types qui vous donnent l'impression de chatouiller les femmes quand ils parlent. Il était venu pour danser, il était venu pour voir. Pour trouver quelque chose. Il touchait sa tête et disait : « J'ai des cheveux gris. »

Linda lui dit que ça arrivait à tout le monde. Elle le couvait du regard, bouche bée. Il la regarda d'un air hésitant. « Toi, tu as trouvé quelque chose, grommela-t-il dans ses moustaches. Fais-moi danser celle-ci. »

En l'enlaçant, Linda me fit un signe de la main et je restai à les regarder, incertain, écoutant la musique et les pas. Et, pendant ce temps, je pensais aux arbres dehors, à la route froide et à tous les dancings ; il y avait des gens qui riaient, qui profitaient de la vie, qui avaient de l'argent, mais Linda était dans la salle et elle allait bientôt revenir. Nous devions achever la conversation de tout à l'heure.

Une fois la danse terminée, je ne les vois pas. Puis j'entends la voix de Linda. Et la voilà, voilà Lubrani, une autre fille toute blonde arrive et ils s'asseyent. Je pensais : « Celle-ci cherche un pigeon. » Lubrani nous dit qu'il voulait fêter notre rencontre et il commanda du vin blanc et de l'alcool. La blonde, c'est Linda qui l'avait trouvée et elle la tutoyait, l'appelait Lili, elle voulait les réunir. Elle dit même : « Si la Clari savait ça. » Mais Lubrani, assis, ne parlait qu'avec Linda et appuyait son bras sur le dossier de la chaise de la blonde, qui attendait en regardant autour d'elle, et il lui tapotait l'épaule comme si ç'avait été sa fille. Maintenant, ils parlaient d'autrefois, quand Linda portait des paquets et des boîtes au théâtre et que la Clari faisait des scènes à Lubrani.

« Pauvre femme, dit Linda, elle est toujours aussi belle ?

— J'ai dû la prendre chez moi », nous dit Lubrani

en me jetant un regard mauvais comme si c'était ma faute. Pour lui faire plaisir, je souris.

« Mais de temps en temps, elle fiche le camp, poursuivait Lubrani, elle veut encore chanter. Elle doit être à Naples en ce moment. »

Il nous dit de boire, il versa de l'alcool à tout le monde.

L'orchestre joua et lui se leva, entraîna Lili sans rien dire, et ils commencèrent à danser.

« D'où sort-il, cet oiseau-là ? demandai-je à Linda.

— C'était le patron du théâtre, répondit-elle à mi-voix. Quand j'étais petite, je portais les costumes pour les danseuses. Il était toujours dans l'escalier à nous regarder passer.

— Il est encore plus idiot que la fille.

— Il s'est fait de l'argent. Et il n'est pas si idiot que ça. »

Linda devait avoir une idée derrière la tête, ses yeux riaient. Ce n'était quand même pas pour ce petit verre d'alcool qu'elle avait bu. Elle me regarda comme auparavant quand nous étions revenus nous asseoir ensemble et me dit : « Ne t'énerve pas » en me caressant le bras.

« La blonde, qui est-ce ? demandai-je.

— Je n'en sais rien », répondit-elle gaiement.

Les deux autres revinrent bras dessus bras dessous. La fille se donnait de petits coups de pied pour bien remettre une chaussure. Lui l'aidait à ne pas tomber.

« On ne boit pas et on ne danse pas, ici, cria-t-il

tout de suite en s'arrêtant. Je ne reconnais plus Linda. »

Il commençait à m'agacer. Ces types-là, moi, je les ai vus aller au tapis dès le premier coup de poing. Mais dans cet établissement, je n'étais pas bien sûr de moi. Je dis simplement : « On est bien même quand on est seuls. »

Lubrani rit alors fortement, de bon cœur, en nous regardant de ses yeux d'apoplectique. Lili rit aussi pour lui tenir compagnie. Ils s'assirent et ce fut tout.

Toute la soirée se passa de cette façon ; la blonde devint gaie elle aussi. Elle nous raconta que, le jour, elle lavait et tondait les chiens, les peignait, les parfumait et les rapportait à domicile.

« Si c'est des mâles, ouvre l'œil », dit Lubrani.

Mais Lili ne comprenait pas la plaisanterie, elle était trop tête folle. Moi, je les laissais bavarder ; il y avait assez de Linda pour leur répondre. De temps en temps, je dansais — si c'était avec Linda, j'approchais mon visage de son oreille et je disais : « C'est toi. » A la fin, après avoir dansé avec Lubrani, elle proposa : « On s'en va ? »

Dehors il faisait froid et on sentait l'odeur de la colline. Il bruinait. Lili dit : « On aurait mieux fait de rester. »

Cependant nous montâmes dans la voiture de Lubrani. Une voiture énorme. « On va finir la fête chez moi. » Je m'étais serré à côté de Linda et je pris sa main dans le noir pour lui dire que j'avais compris.

Lubrani habitait un appartement de la tour Littoria. Il nous conduisit dans une pièce qui faisait penser à l'établissement de tout à l'heure. Il y avait des lampes cachées dans les murs et une grosse table de verre. Il mit le phono et nous servit à boire.

Je m'assis avec Linda sur un divan bas. J'en avais assez de danser. Lubrani et Lili dansèrent quelque temps au milieu de la pièce. Elle semblait faite pour ce genre de meubles, la blonde, bien plus que Lubrani qui faisait trembler le dallage en se déplaçant.

« Si seulement il ne pleuvait pas, dit Linda, d'ici on voit tous les toits de Turin. »

Puis Lili se mit à courir et Lubrani à la poursuivre. « Éteins la lumière », dit Linda.

Nous bûmes encore. Cette Lili riait fort, excitée comme un jeune coq. « Pauvre fille, disais-je, elle s'amuse vraiment autant que ça ? » Ils se blottirent ensemble dans un coin. Je les entendis haleter et, dans l'obscurité, la main de Linda prit la mienne.

« Qu'est-ce que tu veux ? » demandais-je en riant à demi.

J'étais sur le point de lui dire à voix basse : « Si ça se trouve, Amelio à cette heure-ci... » Mais je ne le dis pas. Je l'enlaçai et ce fut fini.

Quand je me relevai, je ne vis rien. J'aurais voulu être seul. La fenêtre était à peine plus claire que le reste de la pièce. Je posai ma main sur le front de Linda et je restai assis.

« Il y a quelque chose qui ne va pas ? » dit-elle sans bouger.

Je l'embrassai et je m'allongeai à nouveau.

Au bout de quelque temps, nous entendons Lili qui nous appelle. Lubrani était dans la salle de bains, crachant et transpirant. Il tenait à peine debout et s'accrochait au lavabo ; Lili n'arrivait pas à le soutenir. Là-dedans aussi, il y avait du verre et de la mosaïque et de la lumière. Je dis à Lili : « Quel salaud ! Ce n'est pas juste. » Elle me regarda d'un air étonné comme si ç'avait été moi le mufle. Mais ensuite, nous nous mîmes à rire et nous plongeâmes la grosse tête sous l'eau. Quand ce fut fini, de son pas dansant, Lili sortit de la salle de bains. Je laissai Lubrani assis sur la cuvette des cabinets, fixant le sol et avalant sa salive, et nous retournâmes dans la pièce. Linda dit : « Restons encore un peu. On va fumer une cigarette. »

Je ne reconnaissais plus la pièce dans la lumière. J'avais l'impression d'avoir été Dieu sait où, et Lili qui fumait, Linda qui ne disait rien, les verres renversés sur la table, tout était changé. Sans le vouloir, je regardais du coin de l'œil le divan, les coussins renversés, les jambes de Linda. Personne ne parlait.

Lili dit : « Voilà le jour.

— Donne-moi à boire », fit Linda.

J'avais encore sa saveur dans ma bouche. Sans un mot, je pris une gorgée, puis je lui tendis le verre. Elle me regarda, les yeux sombres, rit toute seule et but.

Il ne faisait pas encore jour mais il était tard. Nous entendîmes une porte qui claquait, puis un pas lourd. Lubrani apparut. Il s'était tout sali, il s'appuyait à la porte. Il nous regarda avec de petits yeux méchants.

Lili jeta sa cigarette. Lubrani rotait, il tituba dans la pièce et finalement atteignit un fauteuil.

« Il faut le laisser dormir. »

Alors Linda se redressa d'un bond et décida : « Accompagne Lili. Je le mets au lit et je vais chez moi. J'habite à deux pas. »

Lili ne voulait rien savoir. « Allons-nous-en tous. Il n'y a qu'une clé.

— Reste, toi aussi, lui dit Linda, demain tu iras directement au magasin. »

J'intervins alors : « Vous me faites rire. Il est tout simplement soûl. Il va se réveiller demain. »

Nous sortîmes ensemble, sous les arcades désertes. Linda vint avec nous, nous traversâmes deux rues — on entendait nos pas sur le pavé. Puis elle dit : « Je suis arrivée. »

Elle s'en alla dans le brouillard. Je pris Lili par le bras. Nous allâmes quelque temps sans dire un mot. Nous traversâmes les jardins, puis la Doire.

« Voilà, fit enfin Lili, lui qui a une voiture, il est déjà chez lui, et nous, il faut qu'on marche. »

Elle n'était pas sotte, Lili. Elle allait en sautillant et elle comprenait très bien pourquoi je me taisais. Elle comprenait même que j'avais envie d'être seul. Elle s'arrêta : « Vous pouvez partir. On ne rencontre personne. J'ai l'habitude de rentrer de nuit.

— Avançons », répondis-je durement.

Puis nous plaisantâmes et nous parlâmes de Linda. Lili l'avait connue au *Paradiso*. Elle ne me dit pas avec qui, et je ne le lui demandai pas. J'étais trop abruti. Je la laissais bavarder. Mais je lui demandai pourquoi elle allait ainsi toute seule au bal.

« Pourquoi j'y vais ? » demanda-t-elle sans comprendre.

Si elle aimait vraiment à ce point se soûler avec Lubrani. « Et demain le magasin, continuai-je. Quand est-ce que vous allez dormir ? »

Lili sautillait et serrait mon bras.

« J'aurai bien le temps de dormir quand je serai vieille. »

Nous arrivâmes ainsi au terminus. C'était presque à la campagne. Lili regarda en haut et me remercia. « Ce n'est pas la maison de Lubrani, bien sûr.

— Dans deux heures, le soleil se lève », lui dis-je.

IV

S'il avait fait moins froid, j'aurais attendu le matin dans ces prés. J'étais content d'être seul et j'avais sommeil. Je marchai pendant une demi-heure et je ne rencontrai que des tombereaux. On les entendait dans le brouillard, puis apparaissait la lanterne au ras de la route. En marchant, je pensais : « Personne ne pourrait deviner que ça s'est passé cette nuit. » Il ne fallait plus que j'y pense. Il me vint à l'esprit que dans le noir, ç'aurait pu être Lili.

Je finis la nuit au café de la gare. Toutes les rues étaient désertes. Il n'y avait que celui-là d'ouvert. Ici, le brouillard, c'était la vapeur du percolateur et une odeur plus froide qui venait de dehors. C'était une odeur de charbon et de trains. Bon Dieu que ça me plaisait ce matin-là ! Tout le monde dormait, même Linda. Je regardais les vitres et la verrière où devait apparaître la clarté. Si seulement j'avais eu ma guitare !

Quand il fit jour, j'allai chez Amelio. Jusqu'au soir, je n'avais rien d'autre à faire. J'y allais pour tout lui raconter et avoir la conscience tranquille. Je m'élançai dans l'escalier. Je trouvai la porte fermée.

C'est sa mère qui vint m'ouvrir. Je pensais : « Si je sens le parfum de Linda, c'est fini. » La mère sortait et me dit d'un ton brusque : « Il y a quelqu'un. » Alors Amelio l'appela, elle lui répondit de la cuisine et « Il dit d'entrer », me fit-elle. Il était plus tôt que d'habitude. La vieille sortit en tirant la porte.

Dans la chambre, sur le lit d'Amelio, était assise une fille plutôt maigre. Elle avait un vilain imperméable et un béret. Elle n'était pas du genre à faire l'amour, on aurait dit une de celles qui trottinent vers leurs cours du soir. Elle me regarda en fermant les yeux, sans bouger et Amelio aussi, appuyé sur son oreiller, dit seulement : « Ah ! c'est toi. »

Je fis semblant de rire : « Je vous laisse tranquilles. »

La fenêtre était fermée, les couvertures en désordre, il y avait des journaux partout sur le sol. La fille tenait à la main des feuilles de papier. Ça sentait le lit.

« Tu bois toujours ? » fis-je.

Amelio esquissa un rire — c'était rare —, mais seul son visage rit, pas sa voix.

Il me demanda : « Tu as dormi cette nuit ?

— Ça se voit ? »

S'il n'y avait pas eu cette fille, c'était le moment où je pouvais tout lui raconter. J'aurais peut-être un peu changé les choses, c'est bien possible. Il aurait peut-être haussé les épaules. Il n'aurait peut-être rien dit. Moi, à sa place, je ne sais pas. Mais il me regardait de son air affamé, et je savais que Linda n'était pas revenue le voir.

La fille au béret attendait en regardant ses ongles. Je pensai soudain à ma guitare et je me demandai si Amelio aurait aimé l'écouter. Je ne pouvais pas le regarder.

Je me mis alors à raconter : « J'ai traîné dans les rues de Turin toute la nuit. Je viens de la gare. J'ai fait la connaissance d'une fille qui parfume les chiens et qui les peigne. Nous sommes allés sur la colline... »

Ils ne disaient rien. La fille se rongeait un ongle. Amelio attendait, lui aussi.

« ... J'ai connu un mufle, sa femme s'est sauvée et lui, il paie à boire mais pas à manger. Il a une Lancia... Et toi, quand est-ce que tu vas te lever ? Tu veux fumer ? »

Ils me regardaient toujours.

« Bon. Je vous laisse tranquilles.

— Va dormir, tu fumeras après », me dit Amelio.

La fille allait se lever — elle avait l'air d'une écolière —, mais je vis Amelio lui faire un signe et elle resta. Dans la cuisine, il me sembla qu'on m'appelait, mais c'était Amelio qui parlait avec la fille. J'entendis qu'on refermait la porte derrière moi.

Puis il y eut une discussion au magasin avec ma mère et mes sœurs. Carlottina avait dû rester au comptoir. Ils étaient furieux pour cette nuit. Carlottina savait que j'étais allé danser et avec qui. Je ne lui répondis pas et je me jetai sur mon lit.

Ce soir-là, Linda vint au café. Elle ne me

demanda pas si j'avais dormi. Elle ne me demanda rien ; elle fumait dans son coin. Elle me regardait comme elle regardait la fumée.

Quand je lui dis de m'écouter, elle ne bougea pas. Elle me laissa parler. Elle regardait la fumée et elle m'écouta jusqu'au bout.

« Ça ne te suffit pas qu'on soit ensemble ? dit-elle.

— Je veux gagner de l'argent.

— Tu n'es pas né pour gagner de l'argent.

— Avec la vie que je mène, lui dis-je, j'ai besoin de beaucoup d'argent.

— Si c'était de l'argent que tu cherches, me dit-elle, la boutique te suffirait. Ce n'est pas de l'argent que tu cherches.

— Qu'est-ce que je cherche ? »

Linda haussa les épaules, avec cette moue qu'elle seule savait faire.

« Qu'est-ce que tu as fait aujourd'hui ? me demanda-t-elle tranquillement.

— Amelio, dis-je, il était capable de gagner de l'argent ?

— Fiche-lui la paix.

— Je suis allé le voir. »

Linda me regarda.

« Il va mieux ? »

Je haussai les épaules.

« J'y suis allé cette nuit en rentrant. »

Linda écrasa sa cigarette et dit lentement : « Pourquoi fais-tu ça ? »

Je lui pris la main. « Pas cette nuit, ce matin. Il y avait quelqu'un avec lui.

— Tu lui as tout raconté ? »

Je serrai sa main et je dis : « Non.

— Tu voulais lui raconter ?

— Je ne sais pas, répondis-je. Je ne sais pas ce que je devrais lui dire. Lui ne me parle jamais de toi. Tu ne m'as pas dit s'il t'avait jamais touchée.

— S'il m'avait touchée, dit Linda en me regardant, ça changerait quelque chose ? »

Je fis comme elle : « Quelle chose ? »

Linda regarda la table un moment. Puis elle dit brusquement : « Allons-nous-en. »

Au bout de quelque temps, nous nous assîmes dans un autre café. « Pourquoi me disais-tu que je ne sais pas gagner d'argent ?

— Parce que tu n'en gagnes pas.

— Il suffit de se mettre à un travail.

— Il ne suffit pas d'un travail. Il faut de la passion.

— Je n'ai pas l'intention de devenir millionnaire. Il me suffit de t'emmener danser.

— Tu vois que ce n'est pas l'argent que tu cherches.

— J'en ai assez de la vie que je mène, lui dis-je. Je voudrais avoir une moto moi aussi et me promener avec toi.

— Tu veux me jeter dans un fossé. »

Elle me regarda d'un air songeur.

« Tu as ta guitare, dit-elle. Pourquoi n'essaies-tu pas de jouer dans un orchestre ?

— Facile à dire.

— Je ne comprends rien à la musique, dit-elle. Je ne sais pas chanter ni jouer. Mais toi, tu es Pablo et tout le monde dit que tu es né pour ça. »

Ce soir-là, nous n'allâmes pas danser. Mais nous parlâmes de la nuit précédente et de Lili qui allait toute seule au *Paradiso*.

« Celle-là, elle en gagnerait de l'argent, dit Linda, si elle pouvait.

— Elle a de jolis souliers de bal.

— Elle ? Elle se prive de manger pour acheter des souliers. »

Je lui demandai alors pourquoi les filles se haïssaient tellement entre elles. Linda dit rapidement en riant : « Tu sais même quels souliers elle porte. Vous vous êtes embrassés ?

« Tu lui ressembles, continuait-elle. Toi aussi, tu cherches à faire fortune. »

Je me rappelai l'année précédente, quand je passais les soirées à vagabonder avec les autres et puis à chanter au bistrot. Ce que c'est qu'un homme, disais-je. Comme le temps a passé ; ça semble hier.

« Qu'est-ce que tu as à rire ? me demanda Linda.

— Je pense à ce que diraient les copains de l'avenue si je faisais fortune.

— Tu en as déjà eu, une fortune. »

Nous nous regardâmes.

« Ça ne te suffit pas ?

— C'est la même chose, dis-je. Ça vient ensemble, ces choses-là. Ce matin à la gare, j'étais content. Je n'avais plus envie de rentrer chez moi. »

Linda me dit : « Tu te montes la tête. »

Puis : « Tu es allé en combien d'endroits ce matin ?

— Tu sais qui il y avait ce matin chez Amelio ? fis-je alors. « C'est toi qui lui envoies des femmes ?

— Quelles femmes ? »

Je lui parlai de la fille au béret. Linda haussa les épaules. « Ce sont les histoires d'Amelio. Ne t'occupe pas de ça.

— Elle était laide. »

Linda me demanda : « Tu veux qu'on sorte ? »

Nous sortîmes. Dans la rue, elle me dit : « Serre-moi le bras, il fait froid. » Nous allions ainsi, l'un contre l'autre ; je lui parlais dans les cheveux : « Allons encore quelque part. »

Linda se taisait et serrait mon bras. « Tu marchais comme ça avec la blonde ? » Moi, j'essayais de faire des pas plus petits pour que le chemin soit plus long.

Puis nous arrivâmes sur la place et elle s'arrêta. « Allons encore quelque part, dis-je doucement.

« Tu ne sais pas où j'habite ? Si tu me promets de t'en aller tout de suite, viens avec moi. »

Nous montâmes donc cet escalier et j'avais le sang qui battait dans mes veines. Je l'embrassai plusieurs fois et nous nous arrêtâmes dans le noir. Elle dit : « Montons. »

Elle alluma la lumière dans un grand vestibule vide. Ça sentait l'étoffe ; il y avait une armoire, c'est tout. « Ici, le jour, on fait de la couture », me dit-elle. Elle éteignit et par la croisée du fond entra le reflet léger des réverbères. « Je vis dans une chambre qui n'est pas plus grande qu'une boîte. » Nous traversâmes le long vestibule sombre, elle ouvrit une porte et alluma. J'entrai derrière elle.

Cette nuit-là, elle me dit qu'il fallait être calme et ne pas dépendre des autres. De personne. « Tu vois bien, lui dis-je. — Ta mère et tes sœurs, c'est autre chose, répondit-elle. Il ne faut pas se monter la tête. » Et elle m'expliqua qu'Amelio était un homme qui ne se montait jamais la tête. C'est pourquoi il avait réussi à avoir une moto. « On peut bien se soûler, on peut aller n'importe où. Mais après, si tu as une maison, rentre à la maison. Tu as ta guitare, disait-elle, et la boutique.

— Est-ce que ça vaut le coup ? dis-je. Tu vois qu'Amelio a tout perdu.

— Laisse-le, tu ne le connais pas, disait-elle. Amelio est très fort, ne t'en fais pas. Mais tu ne dois pas te monter la tête, même à son sujet. Il ne doit pas te faire de peine. » Je lui demandai pourquoi elle ne voulait pas admettre qu'elle avait été la maîtresse d'Amelio. « Parce que ce n'est pas vrai, me répondit-elle. Nous étions ensemble, mais nous étions comme maintenant.

— Tu as vu comment sont ses jambes maintenant ? »

Linda me serra dans ses bras et ne parla pas.

Je dis doucement : « Il est venu ici, chez toi, lui aussi ?

— On fait tant de choses, dit Linda. Tu crois que lui, à ta place, il y penserait ? »

Puis elle me servit du thé, qu'elle fit chauffer sur le petit poêle. C'était la seule lumière de la chambre, ce reflet rouge du poêle. Quand je sortis, elle n'alluma pas la lumière. Elle m'embrassa sur le seuil et dit doucement : « A demain, au café. »

Cette fois encore, c'était le matin. On ne voyait pas encore de tramways mais on les entendait au loin. Il faisait froid comme en montagne, les lampes des réverbères dansaient dans le vent. En regardant la tour Littoria, je pensais à Lubrani et je me demandais s'il allait mieux. Il s'était peut-être soûlé à nouveau. Il en arrivait des choses, dans ces immeubles. A cette heure-là, Linda aussi s'était endormie. Jamais je ne serai aussi heureux, criais-je en moi-même comme si je parlais. Mais la place était déserte et j'aurais aussi bien pu hurler.

Je n'allai pas à la gare cette fois. Il y avait un café déjà à moitié ouvert dans la rue de Milan. Je m'y jetai. J'avais sommeil, mais c'était bon de fumer en pensant à cette nuit. Je pris du lait pour me réchauffer et me remonter. Puis j'y mis un verre d'eau-de-vie.

Qu'est-ce qu'il y a de différent, pensais-je, avec le temps où nous étions gosses. Il y a qu'on va par les rues et que notre maison, c'est partout et nulle part, comme au catéchisme. Il y a que maintenant on boit de l'eau-de-vie, mais le lait est toujours le même. Savoir si Linda aime le lait. Puis je pensais que Linda, comme toutes les femmes, devait avoir du lait en elle. Je me mis à penser que l'enfant tète le lait d'une mère qui a fait l'amour. Et quels cris si on ne le lui donne pas. Je riais tout seul dans ce café.

Puis entrèrent des visages brûlés par le froid. Une femme, deux femmes en tablier de cuir, des marchandes de légumes, qui prenaient un verre d'eau-de-vie ou un café arrosé, elles aussi. Un porteur, des miséreux, qui tapaient des pieds. C'étaient des visages comme tant d'autres dans l'avenue. Il commença à faire clair.

En rentrant chez moi, je repensais à ces visages.

Les uns travaillent, les autres non, disais-je. Ça sert à quelque chose de travailler quand un porteur et un malheureux quelconque ont en fin de compte le même visage ? Entre celui qui ne sait pas où dormir et celui qui sort sur la place avant le jour, il n'y a pas une grande différence. Ils ont des engelures tous les deux.

Tu vas voir que c'est Linda qui a raison, me disais-je. Je ne suis pas né pour gagner de l'argent. Au bout de l'avenue, on voyait la montagne. Mais Linda dormait ; elle y était allée, à la montagne, avec Amelio, en cette nuit si froide où il n'y avait que la guitare et où ils se réchauffaient les mains dans l'eau-de-vie.

J'avais froid en marchant. Comme je coupais devant la prison, je me souviens que je jetai un coup d'œil sur ces murs lourds en pensant : « Savoir s'ils chauffent les cellules ? » Puis je vois un fourgon devant la grille et les types qui ouvraient. Je fus sur le point de m'arrêter. Je n'avais jamais vu personne aller en taule. Il en arrive des choses. « Ils mettent les gens en taule même à cette heure-ci, pensai-je jusqu'à chez moi. Savoir si on peut boire du lait en prison. »

V

Je sortis avec Lario un jour, tout l'après-midi ; et le soir. L'après-midi, nous allâmes à San Mauro à bicyclette ; il devait porter des outils à un client. C'était un samedi puisque Lario était libre. Moi aussi j'étais libre parce que, ce jour-là, Linda m'avait dit : « Je voudrais rester seule, va-t'en. On se verra demain. »

Lario comprenait qu'il s'était passé quelque chose et, quand j'essayai de le lâcher à Sassi, il resta derrière moi en silence sans rien demander. Cela me faisait du bien de pédaler comme un fou, transpirant dans l'air frais et cherchant à voir si je roulais encore bien. Ainsi, entre Lario qui me suivait et la route devant moi, j'oubliais mon inquiétude et cette journée, et je pensais déjà au lendemain. A San Mauro, assis sur la digue, nous mangeâmes du saucisson. Nous regardions les collines sombres où Lario disait que son grand-père était allé à la chasse avec Don Bosco, mais moi je préférais le Pô, ça me chauffait le cœur de le voir, et je ne pensais même pas que cette eau était passée par Turin. Le soleil se coucha et Lario dit : « Si je savais jouer de la guitare, je jouerais nuit et jour.

— Et moi non ? lui fis-je. Il ne se passe pas une matinée sans que j'y travaille une demi-heure.

— Personne ne t'entend et qu'est-ce que ça te rapporte ? »

Cependant, dans l'air froid, nous retournions chez nous. « Tu sais, me dit-il, au bistrot ils se sont plaints. Pourquoi ne viens-tu plus avec nous ? »

Lario est quelqu'un qui parle tranquillement. Puis il se tait et réfléchit. Il est têtu.

« Tu ne me diras pas que tu y vas même la nuit, chez Amelio.

— La nuit, je me balade dans Turin. »

Cette fois, j'étais joyeux. « Je vais par les rues en jouant et en chantant, lui dis-je, puis je fais le tour avec un chapeau et je ramasse les sous. »

J'y allai ce soir-là, au bistrot, avec Lario et ma guitare. Les copains ne m'attendaient pas et ils ne firent pas plus de chahut que d'habitude. Ils revenaient presque tous du bal et certains me donnèrent des coups de poing sur l'épaule en disant : « Si tu avais été là, tu aurais joué mieux que les types de l'orchestre. »

Nous nous assîmes pour bavarder. Ils reprirent leur discussion : il y avait ceux qui, en dansant, écoutent l'orchestre et ceux qui ne s'aperçoivent même pas qu'il joue. Je les laissai parler et à la fin je dis que moi aussi, quand je danse, la seule chose qui m'intéresse c'est la fille et que la musique, il vaut mieux l'écouter sans bouger. Pendant ce temps, je pris ma guitare et je me mis à jouer sans y penser tout en les écoutant.

Je n'aurais jamais imaginé, la veille, que je me serais assis à nouveau à cette table, et je me disais que j'étais en cela comme Amelio qui était venu quelquefois au bistrot passer une soirée inoccupée quand Linda n'était pas avec lui. Et je restais silencieux comme lui, mais je pensais à lui. Je le voyais sortir de chez lui avec ses béquilles, traverser et arriver au magasin. Il aurait dit : « A ce soir », immobile sur le seuil, pour ne pas descendre la marche. Il aurait demandé à Carlottina : « Où est Pablo ? » Nous serions entrés au bistrot comme ce soir. Et je voyais son visage faire une grimace, sa cigarette qui pendait et sa main tendue pour me donner une tape sur le menton comme à un chien. « Ne fais pas l'idiot, aurait-il dit, va-t'en. »

Puis je pensais que Linda aurait pu être avec nous ce soir. Lui ne l'aurait jamais amenée au bistrot parmi nous. Je râlai de penser encore à ça ce soir-là, et je dis aux autres qui jouaient aux cartes : « Pablo a soif. »

Lario et Martino m'écoutaient, appuyés à la fenêtre. Je jouai d'abord quelque chose de rapide pour me faire la main. Le vin arriva. Nous en bûmes tous les trois. Chelino, le nez dans ses cartes, dit sans se retourner : « Donnez-nous à boire à nous aussi. »

Je n'avais pas touché à ma guitare depuis l'autre jour chez Amelio. Mais je savais déjà tout ce qu'ils allaient dire. Je savais que, quand ils se mettraient à chanter, quelqu'un de la table crierait : « Ou on joue aux cartes ou on chante » ; puis Chelino dirait quelque chose, puis les autres aussi ; puis on demanderait encore du vin. Je savais déjà tout. J'aurais voulu être déjà soûl et bonne nuit.

Après avoir joué quelque temps, je les eus tous à ma table. Je pensais à Linda et à son idée de l'orchestre : « Si je leur demandais un sou à ceux-là, ils m'enverraient la fiasque sur la tête. » Jouer de la guitare, ce n'est pas un métier qu'on paie. Ce n'est rien du tout. C'est un passe-temps pour moi quand Linda n'est pas là. Je sentais en moi une douleur comme un mauvais coup de poing dans l'estomac, je jouais pour la faire passer, je buvais pour la faire revenir, j'aurais voulu me lever, sortir et marcher jusqu'au jour.

Mais le moyen le plus rapide, c'était encore de me saouler. Tout le monde parlait, braillait, et ils ne se taisaient que si j'attaquais un air que personne ne connaissait. Ils écoutaient un moment, puis faisaient leurs commentaires. Seul Marino, qui est un gosse, se tenait contre la fenêtre et écoutait pour tous les autres.

« Celui-là, c'est un pauvre diable qui finira comme moi, disais-je ; qui est-ce qui pourra bien être sa Linda ? » Mais je vis sa main sur son menton, une main aux doigts lourds et encore noirs du travail au tour, et je compris que notre destin était différent. « S'il était né à ma place, disais-je, c'est sur lui que ça tombait. Maintenant c'est fait. » Je levai mon verre en le regardant et je lui fis une grimace. Comme Amelio avec moi. Il me répondit du regard.

Personne ne parlait d'Amelio. Personne n'était plus allé le voir. Personne ne me demanda si je l'avais vu. En revanche, ils plaisantèrent à propos de Linda ; personne ne savait son nom, mais ils l'avaient vue avec moi au bout de l'avenue. Ce fut moi qui dis : « Laisse tomber. Il n'y a personne qui sache où on cherche un bon guitariste ?

— Nous, on l'a pour rien, dit Chelino. Tu crois que tu vas trouver quelqu'un qui paiera pour entendre jouer de la guitare ? »

J'étais furieux de le lui entendre dire. « Si tu étais napolitain, ajouta un autre, tu pourrais aller à Marechiaro.

— Mais ça vous fait plaisir qu'il joue, dit Lario d'un ton brusque. Quand Pablo ne vient pas, vous n'arrêtez pas de parler de lui. »

Je les laissai brailler, je savais ce que c'était. Mais je me mis à gratter *Tarantella tarantella* et, au bout de quelque temps, ils me suivaient tous. C'est ce qu'il y a de beau quand on joue : on voit les gens qui ne veulent pas et on les entraîne quand même. J'aime bien aussi m'arrêter et qu'ils disent : « Vas-y, continue. » Puis on fait semblant d'en avoir assez. C'est un métier de comédien. Mais il y a toujours quelqu'un qui dit que, oui, il aime entendre la musique ; et ensuite il n'écoute même pas, il pense à tout autre chose. Si on ne se moque pas de lui tout de suite, on peut toujours jouer.

Je dormis là-dessus et le lendemain, quand Linda apparut au coin de la rue, je n'étais pas tranquille. J'étais presque mieux à San Mauro. Mais je vis qu'elle était contente et je repris courage. Elle me dit que Lubrani nous attendait pour déjeuner.

« Qu'est-ce que je fais ? On m'attend chez moi. »

Linda me traita comme un gosse. « Tu passes toute la nuit dehors, me dit-elle, et tu ne peux pas sortir maintenant ? J'ai fait ça pour toi. Il veut t'entendre jouer de la guitare.

— Mais ce n'est pas un bistrot, chez lui.

— Idiot. »

Puis elle me dit que Lubrani avait chez lui des guitares et toutes sortes d'instruments.

Nous téléphonâmes au bar de l'avenue pour qu'ils préviennent chez moi. Tandis que la porte de l'ascenseur s'ouvrait, je demandai à Linda : « C'est fini, sa cuite ?

— Tais-toi, me fit-elle.

— Il n'y a personne d'autre ?

— Penses-tu. »

Une belle fille vint nous ouvrir et dit : « Entrez. »

Elle nous conduisit dans la pièce de l'autre fois. Tout me revint à l'esprit. Ce n'était pas possible. Je ne compris pas pourquoi Linda, qui tutoyait Lubrani, restait encore avec moi. Linda alla à la fenêtre, large comme une vitrine, et se mit à regarder les toits.

Lubrani arriva, il était vêtu d'un costume très clair. S'il n'avait pas eu ces moustaches et ces yeux méchants, il aurait eu l'air d'un jeune homme lui aussi. Nous bûmes de l'alcool, nous mangeâmes sur la table de verre ; Linda mangeait et racontait, lui riait et mangeait ; l'autre fille ne se montra pas, tous les plats étaient déjà sur la table. Je voulais demander des nouvelles de Lili, mais je me retins. Ce matin, Lubrani était moins ours ; il écoutait même ce que je disais ; il faisait passer les plats avec amabilité.

On ne parla pas de guitare, mais du voyage qu'il devait faire à Gênes dans quelques jours. Linda lui demanda : « En auto ? »

A la fin du repas, il m'appelait Pablito. Il nous proposa : « On va faire un tour cet après-midi ? »

Nous montâmes donc dans la Lancia ; Lubrani répétait : « Avec deux jeunes commes vous, je me sens un autre homme.

— Allons aux lacs d'Avigliana », dit Linda.

Nous allâmes aux lacs. A mi-chemin, dans le brouillard, je demandai à Linda : « C'est contre cette borne-là que vous vous êtes assommés. » Elle fit une grimace.

« Et ta guitare ? » reprit-elle aussitôt.

Elle en parla avec Lubrani, qui écoutait tout en conduisant.

« On en trouvera au lac. Il y en a partout, des guitares. »

Sans se retourner, il me dit ensuite : « Je sais que vous, les musiciens, vous n'aimez pas changer d'instrument.

— Ça ne fait rien », dit Linda.

Cette route-là, je la faisais à bicyclette l'année précédente. Nous descendîmes sur la place, et les gens nous regardaient. Nous entrâmes au café, Lubrani le premier. Moi, je pensais à San Mauro.

Lubrani voulut qu'on prenne une bouteille de barolo. Nous avions monté un escalier de bois, nous étions au premier, dans un salon avec des rideaux, où il y avait un sofa et une cheminée. On n'entendait pas les voix de la salle du rez-de-chaussée.

Il était encore tôt, mais, si on regardait vers la fenêtre, on avait l'impression qu'il pleuvait. On discernait un grand tableau sur le mur, une femme vêtue à la façon des Napolitaines qui avait l'air d'une négresse et qui riait et semblait danser, la main sur la hanche. Linda dit : « Appelons quelqu'un pour allumer le feu. »

Tandis que le garçon se retournait pour nous regarder, nous bûmes et Lubrani me dit : « Tu es jeune, Pablo, tu ne sais pas que trois bons nez, c'est juste ce qu'il faut pour déguster le barolo.

— Je ne le sais pas, répondis-je sèchement.

— Qu'est-ce qu'il est bon ! » s'exclama Linda.

Quand le garçon fut sorti, je me sentis plus à l'aise. Quant à Linda, elle se promenait dans la pièce, on aurait dit qu'elle dansait en levant son verre. Puis elle se jeta dans un fauteuil sans renverser une goutte.

« Maintenant, Linda va nous raconter quel est le vin qu'il faut boire en faisant l'amour un jour d'hiver. Il n'y a que les femmes qui comprennent ces choses-là. Linda, un jour comme aujourd'hui, avec de la neige. »

Linda renversa la tête en arrière et dit aussitôt : « Celui qu'on a sous la main.

— Ah ! non. Tu ne vas pas t'en tirer comme ça. Réponds.

— Si on doit boire le barolo à trois, dit Linda, buvons le barolo.

— Tu étais déjà venue dans ce bistrot ? » lui demandai-je.

Elle haussa les épaules. Lubrani me dit : « Linda est déjà allée partout. »

Dans la lumière grise qui entrait par les vitres, je levais la tête et je voyais toujours le tableau. Maintenant les reflets du feu lui donnaient encore plus l'air d'une danseuse. Linda suivit mon regard et sursauta. « La guitare. »

Nous sonnâmes et le garçon apparut.

Lubrani lui fait : « Une guitare. »

L'autre attendait et ne comprenait pas.

« Va nous chercher une guitare. Il doit bien y avoir une guitare. »

Il nous regarda, épouvanté.

« Je veux jouer de la guitare », cria Lubrani, furieux.

Il dut sortir sur le palier pour s'expliquer avec la patronne. Linda fit tomber la cendre de sa cigarette et me regarda. Je vis le reflet du feu dans ses yeux. J'en eus à peine le temps que Lubrani rentrait déjà.

Il était encore tôt, mais le soir tomba brusquement. Cela faisait du bien de regarder la flamme. J'étais debout près du rideau, je sentais le froid qui filtrait et j'avais l'impression d'être dehors et d'imaginer la scène de ces trois-là en train de boire. Mais Lubrani me parlait à moi aussi. Il en était encore à son histoire du barolo.

« Il arrive un âge où ça fait plaisir d'être avec vous. De s'enfermer et d'être à trois dans une pièce. Allez-y, buvez au même verre, disait-il. Ce sont de petits jeux qui plaisent. On est ensemble et on passe un bon moment. »

Linda riait et lui disait : « Bois, toi. » Elle lui passait son verre et Lubrani buvait. Il buvait en se penchant pour ne pas en faire tomber une goutte, puis il lui rendait son verre en faisant une révérence comme on fait pour inviter une fille à danser et Linda buvait aussi, en riant.

« Toi, Pablito, tu nous regardes de haut, dit Lubrani, tu n'es pas comme moi », et il touchait ses cheveux. « Tu connais Linda, oui ou non ?

« Linda est pire qu'un bourreau, disait-il. Elle nous enterrera tous, jeunes et vieux. Ce qu'il y a de bon en elle, c'est qu'elle a des goûts de grande dame. »

Linda se leva et vint à côté de moi, à la fenêtre. Elle me jeta les bras au cou et me dit, me parlant tout près du visage : « Tu ne viens pas t'asseoir ? » Elle fit mine de me faire danser. Je la suivis, nous nous assîmes. Lubrani parlait, mais Linda approcha sa bouche de la mienne. Puis nous restâmes assis là, dans l'ombre.

Lubrani dit beaucoup de choses, tout en buvant son barolo. Ses yeux dansaient dans la flamme, mais il n'était pas ivre. Ça lui plaisait vraiment de nous voir enlacés et il se léchait les lèvres, il nous expliquait comme il est bon d'être ensemble en liberté dans une pièce.

« Ah ! ces hôtels de province, en hiver, disait-il. Des endroits tranquilles, des endroits honnêtes. Ne me parlez pas de Venise, de la Riviera. Ici on profite de la vie et on boit. Ah ! Pablito, c'est si bon pour la santé. Mais il faut le savoir... »

Finalement la guitare arriva. Lubrani voulut du café. « Pour mieux apprécier. »

On apporta du café et on apporta du vin. « On allume la lumière ?

— Pas besoin. » Je ne bougeai pas. J'accordai la guitare. Linda se mit un peu à l'écart et m'écouta.

Je jouai des morceaux difficiles, des études. Ce sacré type me suivait. Au bout de quelque temps, c'est lui qui me donna la note. Je faisais attention à ne pas les faire danser. Je sentais Linda qui remuait le pied. A la fin de chaque morceau, ils disaient : « Bravo » et Lubrani tendait son verre.

« Tu as du talent », me dit-il dans l'obscurité.

Je fis comme si Amelio m'écoutait. Les variations près du feu étaient faciles. De temps en temps j'assourdissais un passage. « Non, disait Lubrani, tu veux nous rouler. »

Comme cela arrive souvent, au bout de quelque temps, c'est lui qui prit la guitare. Sans forcer, il s'échauffa les doigts. Il me disait : « Tu connais ça ; et ça, tu connais ? » Il essaya la *Paloma.* Il essaya *Cielo e Mare.* Mais sa main était lourde, ça se sentait. Linda nous interrompit : « Arrêtez maintenant. »

Nous finîmes ce barolo et nous sortîmes sur la place, sous les étoiles. Il était entendu qu'on dînerait au bord du lac. « Après tout, c'est dimanche », dis-je.

Nous fîmes lentement le tour du lac en voiture. Linda disait, sans s'adresser à moi : « Que c'est beau ! » Lubrani aussi se retournait pour voir les roseaux, et le brouillard sur l'eau. Il faisait froid, ça oui. Il y avait un vent qui sentait la neige.

Lubrani, en conduisant, parlait de Gênes. « Tu sais qui je vais voir ? » Il prononça un nom comme Ferrero ou Carletto, et Linda aussitôt me glissa des mains. Elle le frappa de ses poings sur les épaules et cria : « Moi aussi ! — Pourquoi pas ? répondit-il. On y va tous. »

Ils parlèrent beaucoup de ce Carletto et on dîna ; puis on revint à Turin et on termina la nuit au *Paradiso*.

VI

Je me rappelle qu'à cette époque-là je m'éveillais brusquement ; je pensais à Linda et il me semblait qu'elle était à côté de moi. Mais ensuite je restais au lit, les yeux fermés, et je pensais à tout autre chose ; j'avais l'impression d'avoir un profond chagrin et d'être comme un enfant, plus seul qu'un chien, d'avoir fait quelque chose de mal et sans espoir. Je ne pouvais plus m'en sortir. Je n'osais pas me lever, j'aurais voulu ne pas m'éveiller et mourir là. Je ne me consolais même pas à l'idée que si, un jour, Linda avait été à côté de moi, je l'aurais prise. Je me faisais pitié, voilà. J'étais comme un enfant qu'on met nu sur la table, puis sa mère et ses sœurs sortent de la maison. Je me cachais la tête et je me tourmentais.

Je croyais que c'était la fatigue. Presque toujours, à être ainsi sans bouger du lit, j'imaginais que j'étais infirme comme Amelio et que je ne pourrais plus jamais sortir, comme quand on essaie de fermer les yeux et de faire l'aveugle. Puis je me sentais marcher avec des béquilles, à demi mort. Je touchais mes jambes et je pensais à Linda, je pensais à ce jour où Amelio s'était tout découvert. « Qu'est-ce que j'ai fait ? » disais-je. J'aurais brisé ma guitare contre un mur. J'aurais voulu être quelqu'un d'autre et disparaître.

Nous allâmes à Gênes un matin, en voiture. Chez moi, je dis que j'y allais pour mon travail, pour connaître des gens — il y avait quelqu'un qui voulait m'entendre —, et pour la guitare, ce qui compte, c'est de se faire entendre. « Pourquoi ne prends-tu pas ta guitare ? me dirent-elles. — C'est un voyage pénible », disait ma mère. Elles mirent dans ma poche un billet de cent lires. Je m'habillai en gris, avec mon écharpe, et je partis, tout heureux.

Linda était enrhumée, le visage rouge : elle voyagea ensevelie sous un tas de couvertures. Je me mis à l'avant avec Lubrani et je le remplaçai au volant de temps en temps. Parfois je me retournais et je jetais un coup d'œil. Lubrani dit : « Tu ne vas pas la perdre, sois tranquille. » Il faisait un beau soleil et un froid sec qui faisaient chanter la route. Je chantais moi aussi, à mi-voix, et au premier arrêt je payai le café. En remontant, j'allai à l'arrière avec Linda.

« Carletto nous attend ? lui demandai-je.

— Ça, tu peux le dire. Il est fauché. »

Ce Carletto était un acteur qui avait joué autrefois dans le théâtre où Linda apportait les costumes. Il devait être jeune, sympathique et astucieux. Lubrani disait : « A force d'être trop malin, on finit par se rouler soi-même. » Je demandai tout bas à Linda : « Combien de gens connais-tu ? — Beaucoup, me dit-elle, je ne perds de vue personne. Je suis l'amie de tout le monde. »

Je faisais attention à ne pas lui laisser comprendre que c'était le voyage le plus long que j'avais jamais fait. Qui est-ce que j'avais vu jusqu'à maintenant ? Qui est-ce que j'avais connu ? Où est-ce que j'étais allé ? Il y avait des jours où, en pensant au nombre de gens qu'il y a au monde, même des pauvres diables que personne ne connaît, il me venait une telle envie de m'en aller, de sauter dans un train, que j'en criais presque. Il faut autre chose qu'une guitare, me disais-je. Autre chose qu'un bureau de tabac. Mener la vie d'Amelio. La vie de tout le monde.

Sur les collines après Novi, nous nous arrêtâmes pour nous dégourdir les jambes. Je restai un peu au soleil, le ciel était plus dégagé. Et les arbres étaient petits et tordus, je n'en avais jamais vu comme ça. Linda me demanda : « Où sommes-nous ? »

Nous arrivâmes affamés et contents. Lubrani descendit dans un café pour aller chercher Carletto. C'était plein de soleil, de gens, de fumée. Je demandai à Linda qui buvait son café : « Où est le port ?

— Au bord de l'eau. »

Puis nous sortîmes pour déjeuner et je m'aperçus qu'au bout d'une rue il y avait le vide ; on aurait cru voir le ciel derrière une colline. C'était ça — une couleur légère. « Si bas ? » pensais-je. Je m'étonnais des gens qui allaient et venaient et ne regardaient même pas là-bas. « Ce que c'est que les hommes, me disais-je, ils ne savent même pas qu'ils vivent à Gênes. »

Au restaurant, un bistrot bien chaud dans une ruelle, Linda retrouva sa bonne humeur. Elle mangeait avec plaisir et j'aimais la voir manger. Avec Lubrani, elle chercha je ne sais quel plat ; le garçon ne faisait que courir et apporter ; là-dessus arriva ce fameux Carletto.

Il était bossu, il riait sans arrêt. Nous lui donnâmes une chaise. A ses petits yeux et à sa façon de faire, on aurait dit un gosse ; il nous demanda : « Celle-là qui est-ce ? » quand Linda lui tendit la main. Puis ils se reconnurent et le bossu n'en finissait plus de la caresser.

Ils se firent des compliments : lui parce que Linda avait grandi, elle parce que Carletto gagnait de l'argent. Pendant ce temps, on lui apporta à manger à lui aussi ; il mangeait un peu, fumait un peu, riait — il était nerveux comme un chat.

Bien du temps a passé, j'en ai connu des gens, et Carletto je l'ai vu ne plus rire, mais je me rappelle cette fois-là comme si c'était hier. Je ne sais pas pourquoi, je m'étais imaginé qu'il était de Gênes ; comme il avait les yeux bleus, j'y voyais même la mer. Mais, quand on lui dit qui j'étais, que je jouais de la guitare, il saisit tout de suite et dit : « Je suis passé par le *Meridiana.* »

Il avait une grosse tête et des cheveux frisés. Je m'aperçus qu'au lieu de rire il ricanait seulement. Il ne disait pas : « J'en ai vu de dures », mais : « Vous savez ce que c'est. » Il jeta un clin d'œil à Lubrani et dit : « Mange, ça te fait du bien. »

Il était bossu, il était tordu, il avait l'air d'un ressort. Rien qu'à penser qu'ils s'étaient tutoyés, lui et Linda, depuis l'enfance, je restais bouche bée à l'écouter. J'aurais payé cher pour savoir comment était Linda quand elle était petite. Elle racontait qu'elle allait et venait avec sa grande boîte dans les bras, qu'une fois un petit vieux l'avait arrêtée pour lui dire : « Viens chez moi, on va la remplir de gâteaux » ; à la porte, il y avait toujours un jeune homme qui lui donnait quelques sous pour remettre un mot à l'une des filles de la troupe, mais ensuite il voulait une réponse favorable. Linda riait en racontant ça. Elle avait changé, elle était Linda ; je voulais savoir en quoi elle était déjà elle-même. Et Carletto, fumant et mastiquant, en parla un peu. « Toi, Lubrani, disait-il, tu en as fait de toutes sortes, mais il y a une chose que tu n'as pas faite : tu n'as pas réussi à faire de Linda une déclassée. Dis-nous, Linda, combien de fois il t'a dit que tu devais danser, que tu devais chanter, que tu devais te faire un nom ?

— Il m'a même dit qu'il voulait m'emmener à Paris.

— Canaille.

— Mais je voulais la diriger vers les planches, dit Lubrani. Tu le savais toi aussi. Maintenant encore on pourrait.

— On te pardonne si tu voulais la dépuceler. Ce n'est rien. Pardonne-lui, Linda. Mais, la prochaine fois, il faudra lui expliquer qu'il vaut mieux être entretenue que catin.

— Je me souviens, dit Linda, qu'il m'intimidait, même moi.

— A quinze ans, tu ne t'es pas laissé attraper. Hein ! Lubrani, tu en as trouvé une qui avait la tête sur les épaules. Ça ne prend pas avec toutes. »

Lubrani commanda de l'alcool ; il riait dans ses moustaches. « Ne dis pas trop de cochonneries, le prévint-il. Linda est avec Pablo. »

C'est à ce moment-là que Carletto nous demanda qui j'étais, puis dit : « J'ai commencé au *Meridiana.*

— Jamais chanté, lui répondis-je, je ne me dirige pas vers les planches.

— Je pense bien. Je veux dire que je suis de Vanchiglia et que tous mes amis sont à Turin. Quand j'étais gosse, je jouais de l'accordéon.

— Et maintenant tu as formé une troupe, dit Linda. Ça marche ?

— Tu sais ce que c'est. » Je savais déjà qu'il avait laissé filer un contrat à San Remo parce qu'il avait voulu rire un peu. Une histoire où il y avait une femme entretenue et un dirigeant fasciste. Tout le monde s'était mis contre lui, les syndicats et la police, et il avait erré tout l'automne. « J'ai fait les bords de mer jusqu'à la Toussaint », nous dit-il. Sa veste et son visage étaient luisants. Il devait ricaner sans arrêt parce qu'il avait deux plis aux coins de la bouche. « Tu sais ce que c'est, fit-il à Linda. La revue qu'on présente cette fois, c'est le plus dégueulasse qui l'a décrite. Il y a même mis les Juifs.

— Je suis content que tu apprennes ton métier, lui dit Lubrani en nous regardant. Toi, tu dois faire le comique. Exploiter ta bosse et faire le comique.

— C'est toi qui exploites notre bosse, répliqua Carletto. Quand est-ce que tu nous prends à Turin ? »

C'est ainsi qu'ils se mirent à parler du contrat ; Lubrani était un autre homme. Il posa son mégot. Il ne nous versait plus à boire. Linda fumait, les yeux au plafond. Seul Carletto continuait à bondir, à s'adresser à nous, à grignoter des noix. Au bout d'un moment, je demandai à Linda si elle venait faire un tour.

« C'est vrai que tu devais être actrice ? » Nous montions une ruelle qui avait l'air d'un chemin de montagne. Linda se mit à rire en fronçant son nez. « C'est Lubrani qui disait ça. Quel idiot ! »

Je lui dis alors que cette période où elle était enfant me faisait rager.

« Qu'est-ce que j'étais, à ton idée ?

— Je paierais cher pour t'avoir connue à cette époque. Tu connaissais tant de monde. C'est toi qui n'as pas voulu, vraiment ?

— Tu veux que je chante même si je ne sais pas ? Je ne suis pas folle.

— Alors, tu vois bien que j'ai raison de ne pas jouer de la guitare. »

La montée débouchait sur une avenue qui faisait penser à un balcon. Je vis derrière moi une colline toute faite d'escaliers et de maisons. Et, devant, la mer, en bas, comme tout à l'heure.

« Mais toi, tu peux », répondit Linda. Elle vit la mer et s'arrêta elle aussi.

« On fume une cigarette », reprit-elle ensuite, appuyée à la balustrade.

Je lui donnai du feu et nous nous regardâmes.

« Quelle journée, dit Linda. Hier la neige, aujourd'hui le soleil. Tu sais que Carletto me met en colère ?

— Quand il neige, la mer ne change pas de couleur ? » demandai-je.

Linda rit avec moi.

« Je ne l'ai jamais vue qu'au cinéma », dis-je. Il y avait une odeur tiède de jardin.

« C'est ça, l'odeur de la mer ? » Puis j'enchaînai : « Il est bien bête de partir, Carletto. »

Linda me demanda : « Il te plaît, Carletto ?

— Écoute, lui dis-je, cet été, on reviendra ici. J'ai besoin d'argent. Je veux faire quelque chose pour être avec toi. Donne-moi du travail pour tes couturiers, n'importe quoi. Je voyagerai, je prendrai le train. Amelio l'a bien fait, je peux le faire moi aussi. Je veux être avec toi nuit et jour. »

Linda me laissa l'embrasser contre la rampe de fer ; elle ne me donna pas sa bouche, elle se laissa caresser les yeux.

« Allons prendre un café », dit-elle doucement.

Au café, nous parlâmes encore de Carletto. « C'est un pauvre type, me dit-elle. Il se fait jeter sur le pavé comme ça par caprice. A Lubrani aussi, il lui dit toujours tout en pleine figure. Il commençait à bien vivre, non monsieur, voilà qu'il s'en prend au fascisme.

— Mais maintenant il a retrouvé du travail.

— Celui qui commence, il est fichu. Écoute, me dit-elle en me prenant le bras, ne fais jamais rien contre le fascisme, promets-le. »

Elle avait un regard affolé. Je ne sais pas si elle le faisait pour plaisanter. Je la calmai en riant moi aussi.

Puis nous retournâmes dans la ruelle. Nous les trouvâmes assis au milieu des bouteilles, avec tout un tas de photos.

« Celle-ci, qui est-ce ? disait Lubrani.

— Une telle.

— Elle n'a pas de jambes.

— Moi non plus. »

Linda leur dit d'arrêter et de venir se promener. Carletto riait d'un air méchant. « Tu es venu nous chercher. Ça veut dire que tu sais que nous valons de l'argent. Tu dois prendre ce que je te donne.

— Fais-nous voir Dorina, demanda Linda.

— Tu les as trouvées où je pense », dit Lubrani.

Carletto ne parla pas, il ricanait toujours. Il se leva, ramassa les photos, prit Linda par la main et me proposa : « On va écouter un peu de musique ? » Linda était d'accord. Je me retournai vers Lubrani et je lui fis : « On y va ? »

Nous montâmes tous dans la Lancia ; moi à côté de Lubrani. Nous prîmes l'avenue et pendant quelque temps nous longeâmes la mer. Derrière, Carletto bavardait comme s'il ne s'était rien passé ; il racontait à Linda qu'il voulait changer de genre et faire du music-hall comme autrefois. Lubrani dit : « Quel plaisir tu me ferais ! »

Nous nous arrêtâmes dans une boîte qui donnait sur la mer. Par les vitres on voyait le soleil et l'eau. Je fus étonné de voir les gens danser comme si c'était à Turin.

Lubrani dit : « Au lieu de parler, fais danser Linda et tu verras après.

— Je sais que Linda te fait envie, lui répondit Carletto, mais elle a la tête sur les épaules. »

Il me fit un clin d'œil, se leva et demanda à Linda de danser. Cela me fit un drôle d'effet, ce dos bossu que Linda enlaça. On les regardait. Je me mis à penser qu'Amelio aussi était infirme.

Lubrani dit : « Et nous, mon cher, on va boire. »

Carletto et Linda revinrent en riant. Ils avaient vu une blonde danser avec un nègre en veste noire et ils commentaient : « Ils vont faire du café au lait, à eux deux. »

Je dansai avec Linda et en dansant je lui dis : « Carletto me plaît. »

Sur la table au milieu des tasses, les photos refirent leur apparition. Linda les fit passer à nouveau. Moi j'avais vu par la vitre l'eau se briser sur des rochers qui surplombaient la mer. Je regardai quelques photos. « Celle-ci », nous disait Carletto. Elle était forte, grassouillette, son manteau de fourrure à même la peau, par rouerie. « C'est Dorina. » Lubrani aussi l'étudiait. « Mettez-la au régime », dit Linda.

Et Carletto : « Je ne comprends pas ; moins elle mange et plus elle grossit.

— Pas toutes, pas toutes », disait Lubrani dans la fumée de son cigare. Il prit la photo d'un acteur. « Ah ! c'est toi », fit-il sans la regarder.

Nous la regardâmes, Linda et moi. Il était en noir, élégant, peigné comme un danseur mondain, courbé en avant. On n'aurait même pas dit que c'était lui. « Mais il est beau », dis-je.

Linda riait. « Qu'est-ce que tu crois ? Qu'il n'y a que toi de beau ? »

Carletto et Lubrani discutaient à propos d'un groupe de filles. « Il m'en manque deux : elles ont changé de métier.

— Combien leur dois-tu, à toutes ? » demanda Lubrani.

En fin de compte, il ne voulait que Carletto. Celui-ci répondait : « Mais viens nous écouter.

— Je serai bien avancé. Des femmes, on en trouve. Il y en a partout. »

Je regardais par la vitre l'à-pic sur la mer. J'écoutais l'orchestre et je pensais à l'été. Je me mis à songer à ma guitare. J'aurais voulu aller avec Linda, à minuit, sur les plages, et jouer de la guitare, l'embrasser, être seul avec elle. La nuit où elle avait perdu son écharpe, elle était seule au bord de la mer. Si seulement j'arrivais à tenir jusqu'à l'été...

Carletto poursuivit : « Je te dis que j'ai pris des engagements. Je ne peux pas les lâcher comme ça. Tu veux comprendre, oui ou non ? » et il riait d'un air méchant.

Et Lubrani : « Tu as déjà essayé. Tu dois seulement faire le comique et exploiter tes possibilités. Est-ce que vous avez de quoi manger ? C'est toute la question. Si vous n'avez pas de quoi, c'est votre faute. »

Carletto répondit : « La revue est bonne. Elle a même plu aux journaux... » Il sortit des journaux.

Lubrani écrasa son cigare et regarda autour de lui.

« Vous ne voulez pas danser ? me demanda-t-il. Quelle heure est-il ? »

Quand nous revînmes de cette danse, c'était fait. Lubrani revissait son stylo et Carletto observait son verre. Nous nous quittâmes à la voiture. Il nous cria « Salut » d'un air léger. Linda répondit : « Viens vite » avec cette gaieté qu'ont les femmes, puis elle se fourra sous les couvertures. Nous partîmes ainsi sous le soleil et la dernière chose que je vis, ce fut ces collines nues qui ressemblent à de la cendre.

VII

Nous arrivâmes de nuit à Turin. Nous laissâmes Linda devant chez elle. « Je ne me sens pas bien », disait-elle. Elle se sauva, le nez dans son manteau. Lubrani proposa : « Allons dîner.

— Je n'ai pas un sou.

— Aucune importance. »

Ce soir-là, il me dit qu'il avait peur d'être responsable du rhume de Linda. « Pas plus tard qu'hier, je l'ai emmenée à la piscine, me dit-il. Tu n'y vas pas ? Ah ! oui, il faut être sociétaire. C'est un milieu fermé. C'est chauffé, bien sûr, mais on a vite fait de prendre froid.

« Tu ne le savais pas ? Elle ne te raconte pas ces choses-là ? »

Quand il comprit qu'il me tenait, il y alla carrément.

« Linda ne raconte pas beaucoup de choses, mais elle les fait. Elle en a besoin. Comme toi de fumer. Elle n'y réfléchit pas deux fois. Toi, tu y réfléchis deux fois quand tu aspires une bouffée ? »

Il ouvrit la bouche et laissa sortir lentement la fumée.

« Tu as remarqué quand elle parle avec quelqu'un ? Elle a l'air d'aspirer une bouffée. Même avec toi. Tu n'y penses pas parfois ?

« On dirait qu'elle attend, dit-il d'un ton brusque. Hein ? on dirait qu'elle attend un mot ou quelque chose. Mais non, elle t'a déjà roulé.

« Dommage que tu sois sans un sou, reprit-il. Parce que tu crois que les femmes ne courent qu'après l'argent. Tu es sûr qu'avant toi elle n'avait pas quelqu'un de mieux ?

— Et après ?

— Tu ne vas pas t'imaginer que tu l'intéresses parce que tu lui joues de la guitare ? C'est ridicule. La guitare et la fumée c'est la même chose. Tu devrais le savoir, toi qui vends des cigarettes. »

« Tais-toi, pensais-je, tais-toi », et je regardai ces yeux irrités. Mais c'était lui qui payait le dîner et je devais écouter.

« Je sais tout, dis-je lentement à voix basse. Je le sais mieux que n'importe qui. Qu'est-ce que ça fait ? »

Il se mit à rire et me dit qu'il plaisantait. « On ne peut pas être toujours ensemble, c'est un fait. Mais elle n'est venue qu'avec moi. Linda est une femme et pourtant je crois qu'avec moi elle est sincère. Si elle ne t'a pas dit qu'elle allait à la piscine, c'est qu'elle n'y allait pas. Depuis combien de temps la connais-tu, Pablo ? »

Je ne lui répondis pas et je le regardai. Nous nous regardâmes. Je lui demandai, comme si c'était sans importance : « Qu'est-ce que ça veut dire que les femmes ne courent pas après l'argent ?

— Ah ah ! » fit-il, satisfait. Il appela le garçon. « Elles courent après bien des choses. Pas seulement après l'argent. Écoute, me dit-il comme s'il parlait d'affaires, il n'y a pas d'exception. Moi, les femmes je les fais se déshabiller pour savoir ce qu'elles sont. Elles n'hésitent pas. Une femme qui sait ce qu'elle vaut, elle se déshabille. Mais ce n'est pas pour ça qu'il faut t'imaginer je ne sais quoi. Elles veulent autre chose, les femmes. Elles sont toutes ambitieuses. Il y en a qui veulent un homme pour elles. Il y en a de folles. Tu as déjà vu une femme ivre ? Il y en a qui changent d'ami par simple vanité. L'argent, elles crachent dessus.

— Tant mieux. »

Il posa sa main sur l'addition et paya.

« Je voulais te dire, fit-il ensuite tandis que nous sortions, que l'idée de jouer de la guitare dans un théâtre est une bêtise. Le bureau de tabac, ça ne te suffit pas ? »

Le lendemain, j'allai de bonne heure chez Linda, passant au milieu d'une foule de couturières. Elle me dit de fermer la porte mais ne voulut pas me laisser entrer dans le lit.

« J'ai la fièvre. »

Je ne lui parlai pas de la piscine. Elle accusa le soleil de Gênes et le voyage où elle avait pris froid. « Tu es content que je sois malade, me dit-elle. Tu me tiens ici et tu peux me frapper. Il te plaisait, Carletto ?

— On parle toujours des autres.

— Qui est-ce qui en parle ?

— Mais, hier, Carletto. Et l'autre. Toujours.

— De qui veux-tu qu'on parle ?

— Nous ne sommes jamais seuls tous les deux.

— Mais tu es ici ce matin. Ça ne te plaît pas. Va-t'en. »

Puis elle dit encore : « Qu'est-ce que tu as ? Qu'est-ce que tu veux ? »

J'aurais dû tout lui dire ce matin-là. J'étais assis sur le lit et je lui parlais. Elle me prit une main et l'appuya sur sa joue. Je me baissai pour l'embrasser.

« Je vais te donner mon rhume. »

Je posai ma tête sur l'oreiller et je dis doucement : « On va rester ensemble toute la journée.

— Et après ?

— Après, je cherche du travail et je t'épouse.

— Bravo ! » dit-elle en riant.

Je restai là, le visage près d'elle, et je ne dis plus rien.

Au bout de quelque temps, elle me demanda : « Nous sommes déjà ensemble. Qu'est-ce que tu veux de plus ? »

Je ne dis plus rien.

Alors Linda ne bougea pas ; elle respirait. Nous restâmes ainsi je ne sais combien de temps. J'avais presque oublié que j'étais avec elle. Linda chercha son mouchoir sous l'oreiller. Il fallut que je bouge et elle dit tranquillement :

« Cette vie que je mène me plaît. Pourquoi veux-tu que j'en change ? Tu dois t'habituer à ma vie. Je ne veux pas dépendre de toi ni des autres. Toi non plus, tu ne dois pas dépendre de moi. Tu es jaloux ?

« Tu as raison, reprit-elle, je voudrais voir ça, que tu ne sois pas jaloux. Moi aussi, je suis jalouse. Tu dois trouver une occupation et ne pas y penser. Pourquoi ne joues-tu pas de la guitare ? C'est un travail pour toi, tu n'as rien d'autre. Tu peux devenir un bon soliste. »

Ce matin-là on frappa à la porte, et une petite brune en blouse de vendeuse demanda à Linda si elle voulait du café. « C'est lui qui va le faire, dit Linda, c'est mon docteur. » L'autre sortit en riant.

A partir de ce jour-là, je me mis à chercher du travail ; j'allais partout et je ne restais au magasin que le temps d'en ressortir. On parlait à nouveau d'Amelio, et l'idée de le voir se montrer entre les vitres, s'appuyer à la porte, attendre, m'effrayait. Sa mère dit au magasin que, pour qu'il pût sortir, il aurait fallu un ascenseur. « Allez habiter au rez-de-chaussée », dit une femme qui entendait. Je savais qu'Amelio ne viendrait pas me chercher, mais je regardais quand même la porte. « S'il a fait le fou, c'est sa faute. » Je ne réussissais pas à trouver du travail, mais je savais que lui, à ma place, il en aurait trouvé. Même maintenant qu'il devait rester au lit, il faisait sûrement quelque chose, sinon on les aurait déjà jetés à la rue. Il devait vendre et acheter, c'est certain.

Linda resta quelques jours dans sa chambre, et tenait conseil avec les filles de l'atelier de couture. Une fois, une femme vint pour une robe et demanda à parler avec elle — elle n'avait confiance qu'en elle.

Elles regardèrent des gravures et des journaux français. Linda dirigeait les filles, elle savait ce qu'il fallait faire, elle commandait de son lit, toujours en riant. Elle lui parla de dames, d'actrices, de modes sportives. D'ailleurs Linda avait dans sa chambre une coiffeuse et une petite table élégante avec des brosses et des peignes qu'on aurait bien vus au bar Cristallo ou dans une parfumerie. Moi aussi j'aime être bien habillé, mais pour Linda, c'était plus que s'habiller ; elle savait vivre et parler de cette façon. Elle disait : « Si j'avais une maison, tu verrais. » Parfois, en se promenant avec moi, elle s'arrêtait pour regarder les vitrines, devant des magasins où je passais sans même m'en apercevoir, et elle savait où se trouvaient les objets les plus fins. Marcher avec elle dans les rues, c'était toujours un plaisir ; si j'avais eu une Lancia moi aussi, nous aurions été comme des riches. Elle avait une belle valise de peau avec des étiquettes. Un jour, elle me dit : « Ça fait une éternité que je n'ai pas voyagé. »

Quand elle fut guérie, je l'emmenai dîner. Nous allâmes là où j'étais allé avec Lubrani. « Notre premier dîner tout seuls », dit-elle. Elle avait une façon de manger comme une affamée, avec des yeux gourmands, qui vous excitait. « J'aime voyager. Tu ne sais pas comme c'est beau d'arriver le soir dans une autre ville.

« Voyager seule, poursuivait-elle. Changer d'habitudes, de maison, de ville. Tout abandonner et, pendant un mois, pendant un an, être quelqu'un d'autre.

— Tu es toujours quelqu'un d'autre », dis-je.

Elle rit. Je réussissais à la faire rire si je voulais. C'était comme de jouer de la guitare. Il y a des gestes, des grimaces, des trilles, qu'on fait pour rire, pour entraîner ceux qui vous écoutent. Par exemple, on lance un coup d'œil, on fait semblant de rien. Il vient un moment où on le fait sans y penser. Linda comprenait ces choses-là. Elle me regardait. Comme si elle avait aspiré une bouffée. Elle posait la main sur mon bras et elle me regardait. Dans ces moments-là, j'aurais pu lui dire : « Allons faire l'amour », elle serait venue.

« Si je gagne de l'argent, lui dis-je, je viens à la mer avec toi.

— Qui te dit que j'irai cette année ? » me répondit-elle en riant.

Ce soir-là il neigeait, mais nous allâmes danser au *Paradiso,* nous enfonçant dans la neige sur le boulevard : « Il faudrait Lubrani », dit Linda. Au lieu de lui, nous trouvâmes Lili qui dansait, toute joyeuse ; elle me fit un geste de salut en criant pour couvrir l'orchestre. Linda me dit : « Gare à toi », et me conduisit au fond de la salle. Nous restâmes toute la soirée ensemble, à danser et à rire. Elle me raconta la fois où, au bord de la mer, à San Remo, elle était allée se baigner seule en barque et, une fois, au large, elle avait quitté son maillot et pris le soleil sur tout le corps. « On est bien, me dit-elle. On devrait tous être toujours nus. Si les gens sortaient nus dans les rues, ils seraient meilleurs.

— Tu ne vas pas à la piscine ?

— Non, c'est de l'eau sale. »

Puis nous sortîmes ; c'était blanc et glacé sous les

arbres et nous cherchâmes si on voyait la Lancia. Il fallut revenir par le tram. Quand il neige, j'aime bien fumer et nous nous promenâmes sous les arcades pour finir notre cigarette, puis nous entrâmes dans un bar.

« Qu'est-ce qu'ils disent chez toi, que tu es toujours sorti ?

— Le peu de temps que j'y reste, je les tourmente en jouant de la guitare. J'y travaille toujours. Il faudra que nous passions une soirée à jouer de la guitare.

— Il faut que tu viennes au *Varietà*. Tu n'y vas jamais. Tu devrais essayer avec Lubrani.

— Je n'aime pas Lubrani. »

Nous étions sur le seuil de sa maison. « Tu veux monter ? » me dit-elle.

Ainsi passaient ces jours, et je savais que, quand elle sortait à midi, il y avait Lubrani qui l'emmenait au bar. C'est elle-même qui me le dit, mais, tous les soirs, elle sortait avec moi, j'aurais dû être jaloux et je ne pouvais pas. Que pouvait-elle trouver d'autre avec lui sinon de l'argent ? Si elle venait avec moi, elle ne cherchait pas l'argent.

J'avais presque oublié Amelio. J'y pensais seulement quand je sortais et que je passais dans l'avenue. Maintenant je vivais comme lui au temps où il allait avec Linda et travaillait. Il ne me manquait que le travail. Je ne voulais pas en avoir par Lubrani. Je dis à Linda de cesser d'ennuyer Lubrani. « Comme tu veux, mais c'était le seul moyen. — A sa place, lui dis-je, je ferais tout pour enlever un Pablo de mon chemin. — Idiot, me dit-elle, c'est pour ça qu'il doit t'aider. Toi, tu ne me rendrais pas un service si je te le demandais ?

« Il le sait, lui, poursuivit-elle, que si tu réussis, la tête va te tourner et que tu ne penseras plus à moi.

— Je ne veux pas réussir.

— Tu réussiras, dit Linda d'un ton tranquille, tu es jeune. On ne peut pas faire l'amour toute la vie.

— On est ensemble pour ça.

— Mon Dieu ! s'écria Linda.

— On ne fera pas toujours l'amour. On est ensemble. C'est autre chose.

— Tu vois, me dit-elle tranquillement, que l'amour n'a rien à voir ? »

Presque tous les soirs, nous disions la même chose. Et, le jour, je cherchais du travail. Je m'étais mis avec l'ancien patron d'Amelio qui réparait les motos, achetait, vendait et gérait un service de camions sur l'autoroute. « A l'atelier, je te prends demain si tu veux, me dit-il. Mais je ne confie un moteur qu'à ceux qui ont plus de trente ans. C'est à la tête que tu as mal ? Des fous, je n'en veux pas. » Je lui demandai alors de me laisser accompagner quelques camions pour me faire une idée. « Tu joues trop de la guitare, me répondit-il, tu ferais boire mes gars. » Si j'avais osé retourner chez Amelio, je lui aurais demandé de m'appuyer. Lui connaissait tout le monde à l'atelier et sur la route. Autrefois, il m'aurait aidé, pensais-je. Autrefois. Au café des chauffeurs, j'en connaissais quelques-uns. « C'est une mauvaise saison, me dirent-ils, on prend froid et c'est tout. Mais tu as ton permis ? »

« Tu n'as pas assez de la boutique, me disait-on chez moi. Qu'est-ce que tu espères faire ? »

Je cherchais un travail où je pourrais jouer de la guitare et me trouver avec Linda. Un atelier, c'était la même chose que la boutique. Ce que je voulais, c'était voyager et m'arranger tout seul. Au café des chauffeurs, je voyais les visages. C'était des gens qui passaient là toute la nuit, parfois. Ceux des camions gagnaient bien et jouaient gros. Il en arrivait à l'aube, le soir, la nuit. Je me rappelais le matin où j'avais pris du lait et de l'eau-de-vie dans ce bar. Pour travailler, il fallait se donner du mal, je le savais. J'étais disposé à quitter Linda avant qu'il fasse jour.

Je ne savais pas conduire un camion et je n'avais pas mon permis. Un soir où, de toute façon, j'étais seul, je vins avec Lario et j'apportai ma guitare. Le garçon baissa la radio ; moi, assis devant un verre, je jouai tant que je voulus. J'entendais dire : « C'est le gars du bureau de tabac », et je reconnaissais quelques visages. A la fin, je trouvai quelqu'un qui chantait, et nous redemandâmes du vin. Un blond, Milo, prit la guitare. C'était un grand diable maigre, au visage fade. Il joua des tangos mais on lui dit d'arrêter. « Toi, chante, lui dirent-ils, laisse-le jouer de la guitare. »

Le lendemain, j'étais en camion, avec Milo et un mécanicien plus vieux. Nous portions des sacs de soufre à Casale. Nous partîmes dans le brouillard, phares allumés. « Si on trouve du beau temps, me dit Milo, je te laisse conduire. » A Trofarello il y avait du soleil. Je pris le volant. J'avais l'impression de conduire une maison. Les descentes étaient dures, ça oui. « Tu vas voir ces routes dans la province d'Alessandria. »

« Attention aux miliciens », dit le mécanicien.

Par bonheur nous n'avions pas de remorque. « C'est pour changer de vitesse que tu te trompes, me dirent-ils ; on voit que tu conduisais de petites voitures. »

Ce jour-là, je repris plusieurs fois le volant, quand la route était bonne. Milo me dit : « Si seulement tu avais apporté ta guitare. — Une autre fois. »

Nous nous arrêtâmes à Moncalvo. Il y avait de la neige partout. Je commençais à comprendre pourquoi il faut des lunettes pour conduire. La grand-route était toute boueuse. Nous mangeâmes une bouchée dans une pièce chauffée par un poêle, puis nous bûmes un verre en parlant des voyages qu'ils avaient faits. Milo était déjà allé une fois jusqu'à Rome. « On gagne de l'argent, disait-il, mais on n'économise pas un sou. » Je sortis un paquet de cigarettes plein et je leur en offris. « Moi, j'étais en Espagne autrefois, nous dit le mécanicien ; eux aussi, quels types. Là-bas, toute l'essence, ils l'ont mise dans les maisons, pour les brûler. »

Alors Milo cligna de l'œil. « Il y en a des nôtres de l'autre côté aussi. »

Le mécanicien dit : « Quand c'est défendu de se battre dans l'établissement, on sort sur la place. »

A Casale il y avait encore du brouillard et de la boue. On changea le chargement du camion. Nous revenions à Turin avec du ciment. Je voulais aller un peu en ville pour voir mais ils me dirent : « Il vaut mieux se réchauffer. » Ils connaissaient un bon restaurant ; nous mangeâmes et nous bûmes franchement. Puis nous fîmes une partie de cartes. Un peu de soleil s'était montré, une misère.

Nous repartîmes, et voilà que le moteur n'allait plus. Il commença à nous jouer des tours avant Asti. Il fallut rester une heure dans la neige à se brûler les mains sur les outils. Je bouillais. « Ce soir je ne serai pas avec Linda. » Finalement, le moteur chanta. Nous nous lavâmes les doigts dans la neige, nous nous essuyâmes et nous partîmes. Avec les phares allumés, dans le brouillard. Quand nous arrivâmes à Turin, il faisait nuit depuis longtemps. Linda attendait à la porte.

Pendant quelques jours, je laissai tomber et j'allai seulement à l'atelier.

VIII

Linda admettait que Lubrani tournait autour d'elle, elle l'admettait en riant et quelquefois elle en plaisantait même avec lui. « Ce qui est drôle, disaient-ils, c'est qu'on habitait à deux pas l'un de l'autre et qu'on s'ignorait.

— Tout ça, c'est grâce à Pablo », dit Linda.

Lubrani était toujours élégant. Avec les cinquante ans qu'il avait sur le dos et ce besoin de manger et de se soûler, s'il ne s'était pas massé, bien habillé et lavé au parfum, il aurait eu l'air d'un péquenot. « Bain turc, disait-il. Éliminer par les pores, tout est là. Ils sont là pour ça. »

Une nuit, je demandai à Linda si elle l'avait jamais vu en maillot de bain. « Il te plaît ? lui dis-je. Il doit avoir des poils jusque dans le dos.

— Le pauvre, répondit-elle, si ça se trouve, il est lisse et rose comme un bébé. »

Elle me le dit souvent que, malgré tous ses sous, c'était un pauvre diable. « La Clari l'a plaqué. Elle s'est fait donner la jouissance d'un théâtre et elle l'a plaqué. Il faut le voir. Quand il en retrouve une comme moi, une de ces filles qu'il a connues toutes gosses, il lui court après comme un petit chien. C'est un brave homme. Et il travaille. Tout le monde lui demande de l'argent et lui, il travaille.

— Ça se voit.

— Gros malin. Tu sais qu'il a des théâtres partout et qu'il a commencé sans un sou ? Ce n'est pas un travail comme le nôtre. Lui, il téléphone et il voyage. Il donne du travail aux gens.

— Il vit sur le dos des gens.

— Idiot. Il en faut, des gens comme ça. »

Pour sortir avec Linda, je le supportais, lui aussi. Il y avait un café à quelques pas du *Varietà* où on allait à minuit boire un dernier verre, écouter de la musique, attendre le matin. Les soirs où Linda restait tard à l'atelier de couture, c'est là que je l'attendais. A cette heure-là, il y avait des divettes et des sportifs, des prestidigitateurs, des garçons de café qui n'étaient pas de service, des cochers, des filles qui venaient y passer le temps. C'était comme si on avait suivi l'envers du music-hall. De temps en temps, une femme, un bonhomme, une famille d'acrobates, se levaient et couraient au théâtre. On fumait, on s'assemblait, on mangeait. Beaucoup dînaient de pain et de café au lait ; il y avait des enfants qui couraient. Parfois un pauvre type abordait une fille. La fille parlait au barman à travers la salle, lui demandait quelque chose, ils plaisantaient. Le client riait, risquait un mot ; la fille changeait alors la position de ses jambes. Au bout de quelque temps, ils se levaient et sortaient.

Ce café s'appelait le *Mascherino*. Au milieu de la

nuit, on fermait et l'orchestre commençait à jouer, mais il suffisait de passer par la cour et de frapper aux volets. Un peu de lumière filtrait encore dans la cour. Avec Lubrani, on entrait salués par tout le monde et il y avait toujours une table dans un coin à l'ombre, derrière la touffe de plantes vertes, à l'abri des couples.

« Tu n'es pas propriétaire de ça aussi ? dit Linda à Lubrani la première fois que nous y allâmes.

— Je le tiendrais bien mieux que ça. Je flanquerais dehors la saleté et la marmaille. Il resterait fermé pendant un mois. Après, garçons en veste blanche, orchestre de jazz, lumière tamisée.

— Il a son genre, comme ça », dit Linda.

Une femme faisait la folle et dansait toute seule devant l'orchestre qui avait cessé de jouer, les musiciens s'épongeaient le front. Les gens — ils étaient peu nombreux, éparpillés dans toute la salle — attendaient la musique, quatre ou cinq jeunes gens et des filles en sueur battaient la mesure sur les tables pour la danseuse. Celle-ci poussait un cri de temps en temps, comme on fait sur scène.

« Fais-le danser avec quelqu'un », dis-je à Linda en cachette.

Linda rit et nous dit qu'elle ne danserait ni avec moi ni avec lui. Nous restâmes donc assis et Lubrani parla.

Il dit que de voir les femmes faire seules ce qu'on doit faire à deux, ça lui retournait l'estomac. Au théâtre, ça va, disait-il, on le fait pour donner un spectacle, mais une femme qui perd la tête dans un bal, c'est une malade.

« Et pourtant les femmes ivres te plaisent.

— Quand on est deux. Tu peux le dire. Et si possible quelqu'un qui fait de la musique. Mais tout seuls, c'est un plaisir gâché. Pablo qui est jeune peut gâcher les plaisirs. Pas nous.

— Goujat », dit Linda.

Pendant un moment, il resta silencieux, tête basse. Puis il reprit d'un air convaincu. « Entre nous, il y a des ressemblances, ma chère. Une femme a toujours plus que son âge. Nous deux, nous savons comment vont les choses. Et où elles vont. Et ce qu'elles valent. Nous sommes des veufs, nous autres. »

Je le regardais et je pensais comment sont les femmes. Même si on les choisit. Même Linda. Si, pour elles, tous les hommes sont vraiment pareils, il vaudrait autant qu'elles se donnent à un seul, qu'elles le suivent comme un chien suit son maître. Et non, au contraire, elles veulent toujours avoir le choix, et le choix elles le font en les mettant ensemble, en jouant avec tous, en cherchant un profit avec chacun. Comme ça, ils sont tous malheureux, et même elles, en fin de compte, n'ont pas un ami.

« Linda, lui dis-je, on va raconter ce soir où on sera l'année prochaine. Est-ce qu'on sera heureux ? Avec qui on passera la soirée et comment ? D'accord ?

— Oui, oui, fit Linda. Qui est-ce qui commence ?

— Ou, si vous voulez, qui on était l'année dernière. Le soir du 20. Comment on a passé cette soirée et avec qui. C'est plus facile.

— Qui veux-tu qui s'en souvienne ? grommela Lubrani.

— Voilà, s'écria Linda. Tu as passé cette soirée et tu ne t'en souviens même pas. Tu as gâché un plaisir.

— Qui est-ce qui te dit que c'était un plaisir ? lui dis-je. Il attendait peut-être quelqu'un. Ou bien il voyageait en train et il y a eu tamponnement. Ou bien le mauvais temps l'a bloqué chez lui. »

Lubrani riait tout seul. Il nous regarda de ses petits yeux. « Le soir du 20 ? » dit-il avec un grand sérieux. Il fouilla dans sa poche et sortit un carnet. Linda s'exclama : « Formidable. » Lubrani feuilletait avec l'air d'un agent de police. « Le 20, le 20, disait-il. Quel dommage. C'était l'année dernière.

— Fais-moi voir », dit Linda.

Mais Lubrani leva la main et lui échappa. « Fais voir », cria Linda. Ils renversèrent un verre.

« Tu me paieras ça, dit Linda.

— Ce sont des affaires.

— Alors dis-nous cette année. »

Lubrani feuilletait en se protégeant. Il marmottait des noms, mi-sérieux mi-vague. « Comptable, disait-il, maître... nuit... Téléphoné... docteur, maître... Florence... plante grasse... Chianciano... nuit...

— Fais-moi voir ce que tu as écrit hier soir. »

Mais Lubrani ne voulut pas et cacha son carnet.

« Dis-nous, toi, ce que tu as fait le soir du 20. On écoute Linda. »

Linda fit une grimace et grogna qu'elle n'avait pas d'agenda. « Il ne me reste même pas cette année. J'ai tout gâché. Je ne me rappelle plus rien.

— Il n'y a pas besoin que ce soit le 20, dis-je alors. Il suffit de l'époque, il suffit du mois de décembre.

— Je travaillais, dit Linda.

— Jour et nuit ? demanda Lubrani.

— Est-ce que je le sais, ce que j'ai fait ? On se souvient seulement de ce qu'on fait par habitude. Tout le reste disparaît. Ce qu'on a dit et ce qu'on a cru n'existe plus. Je me rappelle un matin où il y avait du brouillard comme de l'ouate et on aurait dit que quelqu'un avait enlevé le monde. On n'entendait même pas les gens marcher... Je me souviens de ça.

— Mais avec qui sortais-tu ces nuits-là ?

— Laisse tomber, dit Lubrani. Nous racontons tous des histoires. »

Ils ne me demandèrent pas mon souvenir. Est-ce que cela me fit plaisir, je ne sais pas. Linda, voûtée, s'appuyait sur la table. Elle dit : « Jouons à l'autre jeu. Que ferons-nous dans un an ? »

La folle avait cessé depuis longtemps. Quelques couples dansaient. Il pouvait être trois heures du matin et la salle était vide. La moitié de l'orchestre dormait.

« Je sais, reprit Linda, nous chercherons ce que nous avons fait ce soir.

— Bois, bois, lui dit Lubrani.

— Tu veux que je me souvienne de ce vin ? » dit-elle d'un ton pleurnicheur.

Dès que je fus seul avec elle — le lendemain dans la rue —, je lui demandai : « Vraiment tu ne te souviens pas de l'année dernière ?

— Tu y penses encore ? »

Je m'étais aperçu en rentrant chez moi que je préférais vivre seul plutôt que d'être oublié moi aussi par Linda. Ça me donnait un plaisir méchant d'y penser. Si tout à coup je cessais de sortir avec elle, peut-être qu'elle serait vexée et qu'elle ne m'oublierait pas.

« Moi je me rappelle chaque moment où je t'ai vue, lui dis-je.

— C'est possible. »

C'était comme si je l'avais déjà fait. Je claquais des dents. « Depuis cette nuit, j'ai compris qui tu es », dis-je à vois basse.

Elle me prit par la main en disant quelque chose.

« Alors l'année dernière, tu ne sortais pas », lui fis-je.

Elle me prit le bras en me regardant d'un air brusque. « Qu'est-ce qu'il y a ?

— Rien, lui dis-je. Mais pourquoi fais-tu cela ? Il y avait Amelio, et tu as dit que tu était allée à la montagne avec lui. Le soir où vous avez dansé sous le hangar…

— On ne peut pas vous dire un seul mot, me fit-elle. Toi aussi. »

Nous parlâmes donc de ses années passées, elle me dit beaucoup de choses et elle devint mélancolique. Nous devions aller au cinéma et nous n'y allâmes pas. Nous achetâmes des marrons grillés et nous nous promenâmes au bord du Pô. La nuit venait sur ces avenues, les réverbères étaient allumés, et j'aurais voulu que ça dure toujours, parce que maintenant je savais que l'idée de nous quitter et de ne plus nous revoir me coupait les jambes. C'était comme si j'avais pris racine dans son sang. Sa hanche était la mienne. Sa voix, c'était comme si je la tenais dans mes bras. Elle me raconta que, quand elle était gosse, elle était allée sur la colline avec un petit voyou et qu'ils s'étaient pris sur l'herbe. Elle dit que ça n'a pas grande importance et que ça se passe souvent comme ça. Elle me demanda si moi non plus je n'avais été changé en rien après avoir fait l'amour pour la première fois. Puis nous parlâmes d'Amelio, et elle affirma qu'elle n'avait pas fait l'amour avec lui. « Quelle horreur ! me dit-elle. — Je l'aime bien, encore maintenant, lui expliquai-je, mais je ne peux plus aller le voir.

« Je n'aime pas la vie que je mène. Toujours ce crétin de Lubrani sur le dos. Pourquoi ne restons-nous pas seuls tous les deux, Linda ? »

Mais, l'après-midi, le *Mascherino* me plaisait, tandis que la nuit, nous y allions avec Lubrani. C'était confortable et Linda venait y dîner avec moi. Le matin, je restais longtemps à l'atelier, où je travaillais comme apprenti ; je le faisais pour conquérir le patron. Mais mes parents protestaient : « Mets-toi au comptoir. » Je m'y installai une fois mais avec ma guitare, et quand les clients entraient je ne cessais pas de jouer. C'était quand même aux femmes de se tirer d'affaire. Ainsi, elles ne firent plus attention aux journées que je passais dehors. J'avais acquis la certitude qu'un beau jour je trouverais mon travail — sur les routes, dans une autre ville, pourvu que Linda y soit.

Je me fis un peu d'argent en vendant de la

musique. J'avais chez moi des partitions et leur harmonisation. Au *Mascherino*, j'eus vite fait de mettre la main sur les chanteurs. Il y en avait toujours à qui il manquait toute l'orchestration — surtout des femmes. Je dis : « Je vous mets la feuille et la transcription ; ça fait tant. » Il y avait un petit vieux, Carlandrea, qui vivait de ça. Il y eut du travail pour moi aussi. Quand il était jeune, il jouait de la clarinette dans un orchestre, puis l'asthme l'avait eu. Il ne comprenait pas pourquoi je ne voulais pas entendre parler d'être soliste. « Je ne peux pas être plus soliste que maintenant, lui dis-je, je joue toujours seul. » Il connaissait Lubrani et il disait : « C'est un vrai monsieur. »

Linda me voyait faire et ne comprenait pas. « Je ne veux pas tomber dans les griffes de Lubrani, lui expliquai-je. La guitare, ce n'est pas un travail. Ce serait comme d'être payé pour s'habiller élégamment. Mon travail, c'est l'autoroute. »

Linda entrait le soir quand le *Mascherino* était dans la pénombre. Il y avait de vieux sofas rouges, mais on n'allumait pas le chandelier central avant minuit. Pour nous, ça suffisait. Linda prenait des œufs et un peu de lait. Je lui tenais compagnie. Elle me parlait de son travail à l'atelier, des gens qu'elle avait vus. Presque toujours, Lubrani lui avait téléphoné, pour nous retrouver au *Paradiso* et au théâtre. Je préférais le théâtre parce que, du moins, j'étais près d'elle. Parfois je disais : « Qu'il aille au diable ! » et je réussissais à passer la soirée seul avec elle, posant un lapin à Lubrani. La fois suivante, il n'en parlait pas.

Ce Carlandrea était rampant, et le voir m'enlevait l'envie d'être soliste. « Au premier coup dur on finit comme ça, dis-je à Linda. — Comme ça, comment ? — Vieux, vaniteux et misérable. — Il y a tellement de façons de finir comme ça », répondit-elle calmement.

Pour ce qui est de malheurs risibles, il y en avait là-dedans. Il y avait l'histoire de Minnie la portière. Cette Minnie chantait autrefois au *Meridiana*. Je l'avais vue à l'époque, elle était un peu comme moi. Je veux dire qu'elle n'était pas taillée pour le métier que sa mère lui avait trouvé. Elle n'avait que ses yeux et son manteau de peau de lapin. Mais c'était quand même une vedette, et sa mère venait la prendre à la sortie.

Un soir, je revois la vieille au *Mascherino* ; elle discutait dans un groupe ; Linda était avec moi. La mère parlait de Minnie, quelqu'un lui lisait une lettre : « Je croyais que c'était un homme riche, ma chère maman. Une chose comme ça, je ne l'aurais jamais crue. Je croyais qu'il était très riche et je l'aimais tant. Qu'est-ce que j'ai fait, ma chère maman. » Linda riait. « Vieille idiote », dit-elle. Je lui racontai que je connaissais cette Minnie. Linda secoua la tête en regardant la vieille.

Puis je lui parlai des rencontres que je faisais la nuit sur le cours d'Angleterre. « Comme vous êtes, vous, me dit-elle. Vous achetez une femme dans la rue, comme on achète des marrons. Où est-ce qu'elles vous emmènent au plaisir ?

— Je n'achète rien, lui répondis-je.

— Mais vous aimez qu'elles soient dans l'avenue.

Tant que vous avez une fille, vous pouvez vous passer d'elles, à la rigueur. Mais demain, vous les accepterez elles aussi. » Linda parlait de cette façon boudeuse qui lui donnait l'air de plaisanter. « Autrefois, tu y allais, je le sais. Comment est-ce qu'elles disent ? “ T'as pas une cigarette ? ” »

Je les voyais tous les soirs en revenant d'avec Linda. Ce n'était plus comme les autres années où je passais carrément parmi elles et où je disais : « Ça aussi, c'est une façon de vivre. » J'en souffrais. Elles se promenaient en pleine neige, et le point rouge de leur cigarette cachait leur visage.

« Une femme qui mène cette vie-là est une imbécile.

— On ne sait pas. Elles en ont besoin.

— “ T'as pas une cigarette ? ” dit Linda en riant. Ce sont des imbéciles. »

Je pensais à celle qu'on avait trouvée sur la route, un jour que j'étais avec Milo. On revenait de Turin après avoir conduit un chargement à Pianezza. Elle avait demandé qu'on la prenne dans le camion et, en montant, elle avait montré ses jambes. « Conduis », dit Milo. Je conduisis jusqu'à la maison. Eux deux s'écrasaient dans la cabine, s'embrassaient jusqu'au sang. « Tu vas me faire tomber dehors », lui disait-elle. Mais elle n'était pas de celles qui sont habillées comme pour une fête. Elle n'était même pas peinte. Elle avait l'air d'une ménagère, de trente à quarante ans, avec son visage si maigre et ses yeux affamés. « Ton ami n'est pas comme toi », lui dit-elle. Moi, je conduisais et je pensais : « Toi aussi, tu as dû être la Linda de quelqu'un. »

Le premier de l'an, Linda me dit qu'elle ferait bientôt un voyage. Elle me le dit en riant, du ton de celles qui tirent les cartes. Ce soir-là, par hasard, nous avions échappé à Lubrani et nous dînions au *Mascherino*, nous devions attendre minuit dans la chambre de Linda. C'était déjà convenu et j'avais envie de danser. Elle dit : « Un voyage. Il y a un voyage pour moi. »

Elle ne savait pas encore avec certitude, mais de toute façon, pas plus de six jours d'absence. « Pour affaires, me fit-elle en riant. Toi, sois sage et tu verras quand je reviendrai. »

Mais, cette nuit-là, nous oubliâmes même le voyage. Le lendemain, au *Mascherino*, nous trouvâmes Carletto qui venait de Gênes.

IX

Il ne me reconnut pas. Il discutait avec le barman. Je fus surpris de voir qu'il n'était plus aussi bossu, mais sa voix était la même, ainsi que sa façon de gesticuler comme s'il avait été mû par un ressort. Il était petit, il portait un chapeau.

Il parlait fort, il racontait qu'il avait rêvé de chats et il remuait comme un chat. Le barman riait.

Linda entra et ne le vit pas. « Tu sais qui il y a au comptoir ? lui dis-je.

— Oh ! c'est Carletto ! » Et elle resta là assise d'un air content et recommença à me regarder.

« Il y a une demi-heure qu'il parle de chats, lui dis-je. Il a rêvé que Turin était plein de chats et qu'il n'y avait plus personne ; pour sortir il fallait faire le chat, se cacher et se sauver par les toits.

— Toi, tu n'en fais jamais, des rêves comme ça ? demanda Linda.

— L'autre nuit, j'ai rêvé de Lili.

— Bravo.

— Mais ce n'était pas Lili. Elle ressemblait à ma sœur Carlottina. Nous marchions dans la rue. Elle devant. Moi, je disais : “ Si elle se retourne, elle va me voir et se sauver. ” Si elle se retournait, je savais que je verrais Lili. Nous passions devant les ruelles et j'avais peur que quelqu'un en débouche. Puis je courais et Lili courait devant moi et je savais qu'elle voulait faire le tour des ruelles et m'attraper par-derrière... »

Mais Carletto nous avait vus. Il quitta le comptoir et accourut près de nous. Linda lui dit : « C'est formidable. » A nouveau ils se firent fête. Nous nous saluâmes aussi tous les deux.

« Je suis ici depuis deux jours, nous dit Carletto, et ce cochon-là m'a déjà eu. Dis-moi un peu si je peux travailler dans ces conditions.

— Et Dorina est avec toi ? demanda Linda.

— Repartie pour Rome, dit-il. On ne peut pas vivre. Là-bas, ils sont tous parents comme les chats. » Il frappa du poing sur son front puis sur la table.

« Voilà pourquoi j'ai rêvé de chats, s'écria-t-il. Turin aussi est comme Rome. »

Linda me dit : « Et avec Lili, qu'est-ce que tu as fait ? »

Je recommençai. « Nous sommes arrivés au bord de la mer. Nous courions. Elle se sauvait à bicyclettre sur le sable. Je ramassais une pierre et je la lançais de loin, en visant la tête. La pierre frappait la tête et rebondissait dans l'eau. Lili tombait morte. »

Carletto dit : « C'est mauvais signe, toute cette eau.

— Celui qui tue, c'est celui qui aime », dit Linda.

Cela ne me fit pas plaisir de raconter ainsi ce rêve

à quelqu'un d'autre. Dans ces cas-là, on reste toujours comme quand on ne se rappelle plus la fin d'une histoire ou quand la guitare ne vous dit rien. Ça fait l'effet de se mettre tout nu. C'est à Linda toute seule que je devais le dire, en lui parlant à l'oreille. Et Linda au contraire se moquait de mon rêve, le prenait au sérieux et faisait des grimaces à Lili.

Elle me demanda : « Et comment était habillée Lili ?

— Je ne sais pas. »

Carletto ricanait. « Oui, oui, dit Linda, vous faisiez l'amour.

— Arrêtez, fit Carletto. Tu sais que, cette nuit, je me jette dans le Pô ?

— Comment as-tu passé le premier de l'an ? demanda Linda.

— En cherchant Lubrani pour lui faire la peau. Après avoir mis tant de monde dans le coup. Je n'ai pas son culot, moi. Si je retourne à Gênes, ce sont eux qui me font la peau. Tu sais le tour qu'il m'a joué ? Il a enlevé mon spectacle pour donner la salle à cette Clari.

— Qu'est-ce que ça peut faire ? dit Linda. Tu plais au public. Tout le monde le sait.

— Mais lui ne le sait pas. »

Puis il se calma. Il se mit à chantonner des airs de sa revue. Linda alluma sa cigarette à la mienne et lui dit : « Raconte-nous ton spectacle. »

Alors Carletto joua, chanta et dansa. Il faisait tout à mi-voix. Les choses sans importance, le début des danses, il les escamotait, en faisant claquer ses doigts. A chaque instant, une voix différente. Linda riait comme une folle. Les gens s'arrêtaient pour nous regarder. Je n'avais jamais vu un acteur comme ça. Même sa bosse lui servait. On aurait dit le trou du souffleur. Il faisait l'orchestre. Il faisait les femmes. Et il ne cessait pas de fumer, en cachette.

Il se mit à rire lui aussi. « Ça ne sert à rien, fit-il à Linda. Maintenant la troupe est dissoute.

— C'est plus beau comme ça qu'au théâtre, lui dis-je. Je n'ai jamais vu une revue plus synthétique.

— Vous ne la jouerez pas à Turin aussi ? » demanda Linda.

Carletto recommença à jurer. « Si je ne vois pas Lubrani ce soir, nous dit-il, ma parole, je me jette dans le Pô. »

Nous avions rendez-vous avec Lubrani là, devant, mais je comprenais que Linda ne voulait pas en parler. « Il m'a fait dire au bureau du théâtre qu'il viendrait ce soir, dit Carletto.

— Tu veux dîner avec nous ? » proposa Linda.

Nous mangeâmes donc un œuf chacun, et Carletto regardait de tous les côtés en disant : « Autrefois, il y avait de la lumière ici. » Il cria au barman : « Tu nous apportes une bougie ? »

Pui il me dit : « Je ne vous connais pas. Qui êtes-vous ? Ah ! c'est toi qui jouais de la guitare ? Il ne t'a pas encore eu, Lubrani ?

— Je suis mécanicien, lui dis-je, je joue seulement en clé anglaise. »

Linda riait et nous regardait. « Le temps que tu perds à l'usine, si tu le passais à jouer pour de bon, tu te serais déjà fait un nom. »

Carletto dit : « Pas bête, l'ami. Je voudrais avoir un métier comme le sien.

— Un nom, allons donc, répondis-je à Linda. On aime jouer pour ceux qui vous connaissent. Si on se fait payer, dis-moi où est le plaisir.

— Tu fais bien, dit alors Carletto. Tu fais bien comme ça. »

Le café se remplit à un certain moment. Le *Varietà* allait ouvrir et on se levait, on allait, on venait. Il y en avait qui saluaient Carletto et voulaient lui parler. Il alla au comptoir avec eux.

Linda me dit : « Allons-nous-en. »

Je ne voulais pas.

« Allons-nous-en. Qu'ils discutent donc d'affaires. »

Elle dit quelque chose au garçon et nous partîmes.

Nous montâmes à pied au *Paradiso.* « Lubrani viendra, s'il en a envie, me dit-elle. Nous, on danse. »

Au milieu de la soirée, voici qu'arrive Lubrani avec Carletto. Ils avaient l'air d'avoir fait la paix et Lubrani était joyeux. Il dit : « Assez dansé, vous deux. On fait la fête. » Il fit venir des plats froids et du vin rouge. « Vous n'avez pas dîné ce soir, nous dit-il. Vous laissez pâtir Carletto. » Carletto fit à Linda un geste de menace. Quand il n'avait pas de pardessus, sa bosse saillait à nouveau. De temps en temps, Lubrani lui donnait une tape. Nous mangeâmes, nous rîmes, Carletto chanta à nouveau sa revue. « Pablo, il te manque ta guitare », disaient-ils. A un certain moment, je ne sais pas comment, Lili se trouva assise à notre table.

Moi, j'avais déjà compris et je buvais comme un idiot. Linda me dit qu'elle partait le lendemain. Je voyais qu'elle traitait Carletto comme elle m'avait traité moi aussi. Peu à peu, je me tus et je les laissai s'exciter. J'avais envie d'être seul, ça oui.

Je ne sais plus ce que je dis ni ce que je fis. J'étais à moitié soûl et je dansai avec Lili. Je dansai avec Linda. Il se fit tard, ce fut presque le matin. Quand la voiture nous arrêta Piazza Castello, j'allais déjà partir en rasant les colonnes, mais ils me virent et appelèrent : « Pablo. »

Chez Lubrani, ma cuite, qui avait passé, revint. Il fallut boire de l'alcool ; Carletto sautait et criait ; nous étions assis par terre. Nous éteignîmes la lumière pour être dans l'obscurité, mais déjà le brouillard apparaissait aux croisées, et la neige sur les toits. Tout le monde savait que Linda était sur le point de partir, et on parlait de faire la fête et de lui porter un toast.

Je demandai à Linda : « Tu ne retournes pas dormir ?

— A cette heure-ci ? »

Nous allions dans la maison, cherchant du café, des mandarines, de l'alcool. La lumière était grise comme toujours à cette heure-là ; ce n'était pas la peine d'allumer ; nous avions tous le visage terne comme quand il neige, et finalement Carletto lui-même s'arrêta. Il s'assit sur un lit et me dit : « Je dors ici.

— Tu veux laisser Lubrani avec les filles ? lui demandai-je.

— Cette Lili. Elle n'est pas mauvaise fille. »

C'était le matin, j'avais sommeil. Lili voulut sortir ; ses chiens l'attendaient. Linda était dans la salle de bains et Lubrani faisait bouillir le café. Je dis à Lili de faire vite.

Quand je fus seul dans cette pièce, je m'aperçus que c'était déjà comme si Linda était en voyage. Il valait autant que je revienne chez moi. Je lui demandai à travers la porte si elle sortait avec moi. Elle se mit en colère et me dit : « Ça suffit. » Je sentais ma voix mal assurée et je disais autre chose que ce que je pensais. Je ne savais qu'une chose. J'étais déjà seul, et Linda en voyage.

Nous sortîmes tous ensemble à midi. Dehors, devant le bar, Linda me dit : « Ne t'énerve pas », et me donna la main. « Au revoir », et je la quittai. Elle resta là avec Lubrani et Carletto.

Ainsi commencèrent ces six jours tout seul. Je savais seulement qu'elle était allée à Milan. Pendant trois jours, je fus constamment à la maison ou à l'atelier. Cette fois, ce n'était pas la peine de prendre ma guitare. Si je jouais, je pensais à tout autre chose. Je restai à la boutique et je regardais la porte. Je m'imaginais que c'était Linda qui entrait. J'allai chercher Milo au café pour sortir avec lui, mais il n'était pas là. Je passai une soirée au bistrot avec Martino, mais sans jouer. Il y avait aussi Lario, il y avait Gilda et ils voulaient aller danser. Il y avait trois ou quatre visages nouveaux. Je ne m'en souciais pas et j'écoutais ce qu'on disait. Gilda parlait d'un couple qui était allé au *Valentino,* ils s'étaient assis sur un banc et tiré deux coups de revolver.

« Elle est morte, lui non. » Comme le monde est étrange, pensais-je, autrefois j'aurais dit : « Salut. »

Le quatrième jour était un dimanche et il y eut un match. « Pas dommage que tu viennes quand même au football », me dit-on. Mauvais match. Après dîner, j'avais une feuille de musique à porter à Carlandrea. L'idée d'entrer au *Mascherino* me fit plaisir. J'y allai tranquillement ; il n'y avait personne ; ils étaient tous au théâtre. Carletto arriva.

« Ah ! » fit-il en me voyant. Il fumait rageusement et il avait l'air ennuyé.

« Comment va ce numéro ? dis-je.

— Ce cochon-là a encore mis les voiles. » Il cracha la fumée. « Il est parti pour Milan. »

Je restai avec lui toute la soirée. Combien de fois je lui demandai si c'était bien pour Milan et quand il était parti, je n'en sais rien. « La dernière fois que je t'ai vu ; on me l'a dit chez lui. Une voix d'imbécile au téléphone. » Il jurait parce que son spectacle était à nouveau renvoyé. « Au bureau du théâtre, ils ne savent rien. Cochon de métier. C'est l'histoire des chats. »

Je lui demandai s'il avait de la famille à Turin.

« Ma famille, je l'ai dissoute parce que je me suis fié à Lubrani.

— Je n'ai pas un sou, dis-je.

— Pour quelques jours, j'y arriverai.

— Quand est-ce qu'il revient ?

— Dans deux jours, d'après ce qu'on m'a dit. »

Le lendemain nous étions ensemble dès le matin. Il voulait que je lui parle de cette Lili. Il m'expliqua que, finalement, Lubrani était un homme capable, qu'il savait choisir les filles, qu'il avait seulement ce vice de ne plus se souvenir. Il savait même donner un dîner. Il savait s'amuser comme Lili. Autrefois, il était beaucoup plus direct et il ne finissait pas une soirée sans arracher le soutien-gorge à une fille.

« Quand vous vous êtes connu, avec qui vivait-il ? »

Avec cette Clari qui lui mangeait de l'argent mais qui lui avait enseigné la vie en société. A cette époque, la Clari ressemblait à Lili, et Lubrani, qui venait de la pègre, aimait ces petites chattes bien propres. Puis, comme il était malin, il s'était aperçu qu'au théâtre ces femmes-là ne tiennent pas le coup.

« Dans le théâtre, on vit avec ses ongles et ses dents, me dit Carletto. Tout le monde te tire dans les jambes. Si tu es chat, tu te mets à griffer. Imagine un peu comme elles mordent, les Lili. »

Nous marchâmes ainsi toute la journée, et j'aurais même voulu dormir avec lui. Il y avait deux nuits à passer. Lui me parlait de Lubrani. Mais si je restais seul, c'était pis. Ce que je pensais en restant seul ne me sortirait jamais plus de la tête.

Vers le soir, Carletto me demande : « Qu'est-ce qui ne va pas ?

— Pourquoi, j'ai quelque chose ?

— Tu sais ce qu'on va faire ? me dit-il. Va prendre ta guitare et on va trouver un endroit au chaud. On va boire un coup.

— Ni guitare ni cuite, lui dis-je. Je n'ai envie de rien.

— Mais moi si. »

Carlandrea nous regardait de sa place habituelle.

Il vit venir une bouteille et commença à se moucher. Carletto emplit nos deux verres et me demanda une cigarette. Je lui donnai du feu et, à ce moment-là, je vis Amelio dans son lit.

« Il y en a un qui rigole cette fois », dis-je brusquement à Carletto. Je ne me retins pas. Carletto resta la bouche ouverte et laissa la fumée sortir lentement. « Ici la tête me tourne, pensai-je, je ne peux pas y tenir. »

Alors je dis plus tranquillement : « Donne à boire au petit vieux. Il n'y a que trois jours que j'ai pris une cuite. Je ne tiens pas le coup. »

Carletto dit : « Tu veux qu'on aille au *Varietà* ? »

Je m'appuyai alors sur la table, la tête sur les bras, comme si j'avais été trop fatigué. J'entendis Carletto parler avec le vieux. J'entendis que le vieux était venu à notre table. La table était en marbre, je refermai les yeux.

Je me souvins de cette matinée où j'étais allé chez Amelio avec elle. Je me rappelai quand elle était entrée et ce qu'elle disait. Elle avait alors son écharpe bleue. Je me rappelai que je m'étais enfui. Nous nous étions heurtés de la hanche dans la cuisine. Tout cela n'avait pas de sens alors. Rien n'était encore arrivé. C'était comme si on était encore ce jour-là. Maintenant seulement je comprenais.

J'y réfléchis dans mon isolement, pendant longtemps. J'entendais Carletto se moquer de l'autre. Puis j'entendis qu'ils disaient quelque chose à mon sujet. Je relevai la tête et je fis semblant de m'éveiller.

Toute la nuit, je restai seul, et l'idée que je devais

en passer encore une m'enlevait tout courage. De temps en temps, je parlais dans l'obscurité. Je serrais fortement mon oreiller et je disais quelque chose. Ce que je pensais, je l'avais maintenant pensé si souvent que ça m'était familier comme l'escalier de chez moi.

Le lendemain, j'errai seul toute la journée, et le soir ne venait pas. Il se mit à pleuvoir, de l'eau mêlée de neige, et je pensais : « Est-ce qu'il pleut aussi à Milan ? » Je devais aller au *Mascherino* et maintenant, l'idée d'y trouver quelqu'un, Carletto, des gens comme ça, me faisait plaisir. Ça me faisait plaisir de penser que j'y passerais la nuit. Je retardais le moment d'y aller : il me semblait que je perdais quelque chose à n'être plus seul pour ce dernier soir.

Carletto dit : « Je t'ai trouvé une guitare. Cette fois c'est nous qui allons faire la fête. » C'étaient des acteurs qui partaient pour Rome et qui viendraient au *Mascherino* à minuit.

Je vis dans tout cela un bon signe et je dis : « Hier, ça n'allait pas. Donne-moi cette guitare. »

Carletto dit que c'étaient ses amis qui l'apporteraient. « Pour l'instant, buvons. »

« Tu fais bien, me dit-il en buvant, de ne pas te gâcher dans les théâtres. Tu es plus malin que beaucoup ; que moi, par exemple, qui ai dû chanter pour vivre.

— Mais toi, tu es fort.

— Qu'est-ce que ça peut faire ? Il y a toujours un Lubrani. »

Je lui demandai alors pourquoi il ne cherchait pas du travail avec d'autres. « Tu sais ce que c'est, dit-il, on m'a eu l'autre fois. Tu ne sais pas par combien de bureaux il faut passer pour avoir une autorisation. Ce qu'il y a de bon avec Lubrani, c'est qu'il vous prend les yeux fermés.

— Et tu ne peux pas, lui dis-je lentement, faire un autre métier ?

— On ne change pas de métier, dit-il. On change de femme à la rigueur, mais on ne change pas de métier. »

Il regarda son verre et le vida.

« C'est un chien de métier, reprit-il, tu me plais parce que tu ne le fais pas.

— Si j'étais capable, je le ferais.

— Allez, je te connais. Autrefois, moi aussi j'étais comme toi. Je sais que tu aimes vivre seul et indépendant. »

Cela ne m'avait pas frappé que Carletto était plus vieux que moi. Avec cette grosse tête et ses yeux clairs, il ne faisait pas son âge. Et pourtant il avait une Dorina quelque part et des rides aux coins de la bouche, et il ricanait.

« Hier soir, lui dis-je, je voulais changer de métier. Je n'avais pas le moral. »

Il me regarda en dessous et souffla un peu de fumée.

« Je te comprends, me dit-il. Tu étais mieux autrefois. »

Quand ses amis arrivèrent, nous étions encore là. Ils arrivèrent au moment où on allumait le lustre central et où l'orchestre attaquait. De braves gens — Luciano, Fabrizio, Giulianella. Avec ces Romains, j'avais l'impression d'être en même temps seul et en compagnie. Une race différente : je pouvais m'échauffer avec eux, et je pouvais rester à part et les regarder manger. On nous donna cette petite salle où personne n'entrait jamais. Autour d'une guitare, on a vite fait d'être d'accord. Il faisait déjà jour que je jouais encore.

X

Je jouais avec plaisir parce qu'il faisait jour maintenant et qu'au moment où je poserais la guitare quelque chose serait fini. Je ne reviendrais plus en arrière.

Je devais m'attendre à ce que Linda, à peine seuls, me dise : « Qu'est-ce que tu as ? »

Nous nous étions raconté tant de mensonges, nous avions tu tant de choses, que cette fois encore je dis : « Rien. »

Elle me dit : « Tu es fou. » Elle s'assit sur le lit et ôta son chapeau. « Embrasse-moi », me dit-elle.

Je lui donnai un baiser sur la joue et nous nous prîmes les mains. C'était comme si j'avais embrassé un arbre. Elle rouvrit les yeux et me regarda.

J'étais sûr que, cette fois encore, elle était d'accord. Elle était toujours la même, avec son écharpe dénouée. Elle me regardait, déçue et contente.

« Je suis fatiguée, me dit-elle. Je vais au lit. »

Elle se mit au lit. Je me levai et je me mis à marcher. « J'ai envie de fumer », dit-elle. Sans parler, j'allumai une cigarette, puis je la lui donnai.

« Tu sais, me fit-elle. Comme ça aussi c'est bien. Si c'était possible d'être toujours bons amis et quand il arrive quelque chose, qu'on est fatigué et qu'on n'a pas envie de s'embrasser, si on pouvait bavarder ensemble et même se taire, ce serait une façon de s'aider l'un l'autre. »

Je ne répondis pas, je la regardais.

« Qu'est-ce que tu as ? Tu veux me tuer ? dit-elle. Tu sais que je vais peut-être me marier ? Tu ne me demandes pas avec qui ? »

Je ne comprenais pas pourquoi, au lieu de hurler et de me quereller, j'aurais voulu être en bas, être dans la rue. Tandis qu'elle parlait, je pensais qu'hier, avant d'entrer au *Mascherino,* pendant un moment, j'avait été heureux.

« J'en ai le cœur qui bat, dit Linda. Parce que je sais que tu en souffres. Touche », et elle me prit une main et la mit sur sa peau. Je sentis cette chaleur et je serrai les doigts. Puis je serrai encore et elle cria.

Elle se mit à rire. « Tu ne parles pas et tu me maltraites, dit-elle doucement. Je ne suis pas ta guitare. »

Quand je descendis l'escalier, il faisait nuit noire et je pensai que je pouvais dormir. Je fis un bout de chemin en tram, la tête appuyée contre la vitre. Je fermais les yeux et je m'assoupissais ; je me rappelais ces matins où j'étais rentré aux premières lueurs.

Le lendemain, je retournai avec Milo et nous partîmes pour Gênes. C'était un transport avec remorque, plus difficile. Le mécanicien fut content de me donner sa place et de me laisser relayer Milo : il resta à Turin. C'était la seule façon dont je pusse encore vivre. Quand nous eûmes quitté les faubourgs, je fus presque heureux.

A Gênes, Milo avait une maîtresse ; il alla lui dire bonjour. Je restai seul, dans ces rues, et j'errai jusqu'à la nuit. Il y avait un vent qui gerçait les lèvres et, cette fois, l'odeur de la mer se sentait nettement. Il faisait sombre, et les lampes des réverbères se balançaient au-dessus des ruelles. L'odeur de la mer, c'était à peu près comme à Turin quand il a neigé dans la montagne et qu'il fait beau. Je mordais cette odeur comme un chien et je cherchais la terrasse où j'étais allé avec Linda, le restaurant de l'autre fois. Je l'avais dans la peau comme mon sang, Linda, mais je vis la mer d'une autre terrasse.

Au retour, l'idée que je rentrais à Turin me tint occupé. J'appuyais ma tête à la cloison et je cherchais à dormir. Il me semblait que je vivais au milieu d'un danger, de quelque chose qui était déjà arrivé et décidé. « Tout est arrivé, disais-je, et je suis ici. » Milo me dit : « Quand tu passes les vitesses, va plus doucement. Si tu me casses le levier, on reste sur la route. » Puis il se remit à parler de cette fille de Gênes.

Je passai ainsi plusieurs jours, au restaurant et sur les camions. Je buvais, je roulais, je dormais où ça se trouvait. Je ne rentrais chez moi que pour prendre des cigarettes. Ma mère me dit : « Tu ne changes pas de chemise ? » J'avais mis un chandail et ma combinaison par-dessus. « Je vais à Biella, lui dis-je, personne me connaît. » J'appris qu'Amelio était parti de chez lui depuis longtemps. Ils avaient pris un rez-de-chaussée et un petit commerce je ne sais où.

« Justement maintenant que tout est fini », me disais-je. Mais cela me fit plaisir de ne pas savoir où il habitait. Je pensais à Linda qui savait où j'habitais et qui était tous les soirs dans le même bar qu'autrefois.

Mais Carletto je peux le voir, me dis-je un soir. Je passai devant le bar de Linda et de Lubrani, devant les vitrines d'une couturière. La dernière fois que j'étais venu sous ces arcades, j'étais encore avec Linda. Je levai les yeux sur la tour Littoria. Je me souvins du temps où je sortais par la porte cochère de chez Linda et où je voyais la tour de l'autre côté de la place. Peut-être elle aussi y pensait-elle en sortant de chez elle.

Au *Mascherino,* je ne trouvai personne, sauf le vieux Carlandrea et les filles. Le garçon ne sut pas me donner de renseignements. Alors j'allai jusqu'au théâtre. Je ne savais que faire et je commençais à désespérer. Je regardais sans intérêt les photos de ces filles collées sur les panneaux — que de fois je les avais vues en passant — et voici que je vois Carletto, sa photo, celle où il était en noir, élégant, courbé en avant et où il riait. « Il y est arrivé, pensais-je, tant mieux. » Mais il me sembla que j'avais perdu quelque chose et je le regrettai parce que maintenant lui aussi travaillait pour l'autre.

Je restai un instant devant le théâtre. Si je ne fais pas quelque chose, pensais-je, je vais commencer à courir les rues et à parler tout seul. J'avais comme un chat dans le sang, qui me griffait. Je demandai à la caissière quand finissait le spectacle. « Celle-ci aussi travaille pour l'autre, pensais-je, il n'a pas assez des corps de ballet. » La caissière me répondit que je pouvais attendre parce qu'ils sortaient par la porte d'entrée.

J'entrai au *Mascherino* et je m'assis derrière une vitre, dans un coin très sombre. Même attendre, c'est faire quelque chose. Pour me calmer, je bus du vin. Quelques gens passaient devant l'entrée.

Soudain, je vis dans la lumière Carletto avec d'autres personnes. Ils s'étaient arrêtés pour discuter ; puis apparurent Linda et Lubrani. Ils traversèrent tous la rue.

On avait allumé les lampadaires à ce moment-là. Ce fut Linda qui me vit ; elle dit un mot à Carletto. Elle me fit un signe de la main et ne bougea pas.

J'allais déjà partir quand Carletto me coupa la route. « Ces dames t'attendent », dit-il. Il était en veste noire, tout dépeigné.

« Tiens, c'est toi. Tu as fait la paix avec le patron ?

— Tu sais ce que c'est, me répondit-il. Tu ne viens pas ? »

Je lui dis de s'asseoir et je lui offris du vin. « Quand est-ce qu'on fera la fête tous les deux ? J'ai une guitare qui ne joue plus depuis des mois.

— Viens me prendre un jour à la sortie, dit-il.

— Ah ! Carletto, Carletto, il t'en faut peu pour te calmer. Comment se fait-il que tu ne rêves plus de chats ? »

A ce moment arriva Linda, qui me demanda pourquoi je retenais Carletto.

« Je ne retiens personne.

— Je peux m'asseoir à ta table ? »

L'orchestre joua, elle se leva et me dit : « Tu danses ? »

En dansant, elle cherchait à me faire parler. « Qu'est-ce qui te prend ? disait-elle. Je t'ai attendu bien des fois ces jours-ci. Tu ne m'as jamais aimée, voilà la vérité. »

Je lui en dis de toutes les couleurs ; elle écoutait. « Pablo, me dit-elle, tu veux que nous sortions tous les deux seuls ? »

Que de choses elle me dit, tandis que nous nous enlacions dans sa chambre.

« Tu m'as traitée comme une domestique. J'ai dû t'attendre, moi ; te parler, moi.

— Je n'arrêtais pas de me balader, jour et nuit, je ne voulais plus penser à toi.

— Tu vois bien que c'est inutile. Tu es ici.

— Je m'en irai encore.

— Tu es méchant, disait-elle, tu ne peux pas dire ces choses-là.

— Tais-toi. Tais-toi.

— Tu m'aimes mais tu n'es pas mon ami.

— Ce n'est pas mieux d'être ici seuls tous les deux ? Je te veux toi seule, personne d'autre.

— Je voudrais voir ça que tu veuilles quelqu'un d'autre », dit-elle en me riant à l'oreille.

Puis je lui demandai une dernière fois de vivre avec moi. « Je te pardonne, lui dis-je. Je te prends comme tu es. A partir de cette nuit, on commence. »

Elle me répondit dans le noir qu'elle voulait bien essayer.

Nous descendîmes ensemble le lendemain au café.

Tandis qu'elle buvait son café au lait, elle me regarda. Elle dit : « Pablo, tu reviens ce soir ?

— Je ne m'en vais pas de toute la journée.

— C'est impossible, Pablo. Je dois monter travailler. Toi, qu'est-ce que tu vas faire, aujourd'hui ? »

Ainsi, le soir nous allâmes ensemble au *Paradiso*, et tout fut comme autrefois. « Il y a des jours, me dit-elle, où tu es vraiment impossible. Tu ne comprends pas que nous sommes tous différents et que ce que je fais ne regarde que moi. Tu n'as pas d'amis ?

— Je les ai plaqués.

— Comme tu as fait avec moi. Mais ça ne sert à rien. Avec chacun c'est différent. Il y a du bon avec tout le monde. »

Tandis qu'elle parlait, je m'étais aperçu que j'étais seul. Je m'en aperçus soudain et je fus presque heureux. Le fait de savoir qu'après avoir été là-haut dans son lit je descendrais cet escalier et je marcherais, que je traverserais Turin et que je dormirais seul, me donna un choc comme une gorgée d'alcool. Plus rien d'autre n'eut d'importance pour moi, et je dis lentement : « Toi aussi, tu as raison. » Linda me prit les mains, contente.

Nous restâmes ensemble toute la nuit. Le lendemain il était convenu que je voyageais avec Milo, et savoir que Linda m'attendrait était plus beau que dormir avec elle. C'était ça la vie d'Amelio. En traversant la place dans l'obscurité, je fus heureux.

Quelquefois, ces soirs-là, nous vîmes Carletto. Nous dînions au *Mascherino* comme avant et, sans nous être concertés, nous sortions de bonne heure pour ne pas passer les nuits comme autrefois. Mais Carletto n'était pas une gêne ; il riait parfois en nous voyant arriver, il se levait et tirait une chaise pour Linda. Il venait toujours au *Paradiso* chercher Lili.

Un soir il nous dit : « Demain la tour Littoria revient. »

Je ne savais pas que Lubrani était parti. Je vis Linda rougir et lui jeter un regard mauvais. « Voilà, me dis-je, elle rougit. » Je ne l'avais jamais vue rougir.

Soudain je compris que Lubrani était parti depuis le jour où Linda m'avait repris.

« Qu'est-ce que tu crois avoir dit ? » fit-elle à Carletto.

Et Carletto : « Il y a quelqu'un qui a fini d'être heureux. »

Je vis Lili lui toucher le bras et lui dire : « Arrête. »

Il devint méchant. Il en voulait vraiment à Linda. « Ça me met en rage que tu traites les gens de cette façon, dit-il d'un air mauvais. Ça me met en rage que tu trouves encore quelqu'un qui te croit. Tu sais très bien ce que tu es, mais tu ne dis rien. Vous êtes toutes les mêmes, elle aussi, toi aussi. Vous, votre carrière, ce n'est pas sur scène que vous la faites. »

Tandis que Lili était accablée, Linda ne dit pas un mot. Elle le regardait parler, très calme, en riant. Puis elle prit le verre de Carletto et, le fixant toujours, elle but un peu de vin à petites gorgées. Elle le lui rendit. Il fit une révérence. Ils éclatèrent de rire.

Je ne parlai pas de cette scène avec Linda. Quand nous revînmes chez elle, elle allait en silence, soucieuse. A la fin elle dit : « Cet idiot-là. — Lili l'a peut-être malmené », dis-je à vois basse.

Nous nous arrêtâmes à la porte cochère. « Alors demain, il revient ? » lui demandai-je.

Elle me regardait en dessous : « Eh oui.

— Nous nous verrons le soir ?

— Bien sûr. »

Je fus content de m'en aller à la maison. Le lendemain je jouai toute la matinée. Je travaillai avec plaisir. J'étais bien dans ma chambre ; une odeur de bouillon montait du poêle. A midi, le mécanicien de Milo passa pour acheter son cigare toscan. Il parla de politique. « Les mêmes discours qu'Amelio, pensais-je. C'est le métier qui veut ça. » Il s'en prenait à ceux qui mangent l'argent du peuple et qui ont besoin qu'on ne proteste pas pour pouvoir digérer. « Mais, cette fois, ça sent le roussi, disait-il. Ils s'en aperçoivent en Espagne. Je ne sais pas si je me suis fait comprendre.

— Il n'y a que les fascistes qui mangent ? lui dis-je.

— C'est la cuisine qui est fasciste. Il n'y a pas besoin de porter la chemise noire. »

XI

Je savais maintenant ce qu'était Linda pour moi. Il me suffisait de penser à Lili pour le comprendre. A Lili qui allait avec tout le monde et qui ne pensait qu'à ses chaussures de bal. Il aurait été si facile de sortir avec elle et de la rendre amoureuse. Ç'aurait été comme un jeu. Ce n'était pas une fille qu'on pouvait avoir dans la peau, Lili.

Sans même me dire merci, Linda se mit avec Lubrani. Elle me fit dire au *Mascherino* qu'elle devait travailler. J'allai le soir à la porte cochère, je la cherchai, elle n'était pas là. Je la cherchai le lendemain dans le grand atelier. Les filles riaient. Elle me parla dans un petit salon.

« J'en ai assez », disait-elle avec irritation.

Puis elle s'en alla. Puis elle revint dans le salon. « Tu ne comprends donc pas qu'ici on travaille », me dit-elle. Elle me laissa lui prendre les mains, resta encore un moment.

« On se verra ce soir si je peux. »

Moi, ce soir-là, j'allai avec Milo à Moncalieri. J'emportai ma guitare. Nous nous enfermâmes dans un bistrot. « Pas de filles, lui dis-je, je n'en veux pas. » A minuit, de la rue, une fille frappa à la fenêtre. Elles étaient quelques-unes qui voulaient entrer écouter la guitare. « Prends garde, dis-je à Milo. — Pourquoi ? Tu n'es ni infirme ni bossu. — Prends garde. » J'étais ivre. Alors Milo regarda dehors et dit : « Attends. » Quand il revint une demi-heure après, je parlais tout seul.

« Comme Amelio, pensais-je, elle m'a balancé comme Amelio. » Milo me dit : « Il y a une blonde qui te cherche. » Il me conduisit à un bosquet jonché de feuilles pourries. La blonde attendait appuyée à un arbre. On glissait sur les feuilles et elle me dit : « Restez debout. » Il ne faisait pas très froid et je m'appuyai contre l'écorce. Milo cria : « Traite-le bien. »

C'est elle qui fit tout, c'est elle qui ferma mon pardessus. Quand Milo me poussa dans le tram, je ne parlais pas. « Et demain, on part, me dit-il, c'est toi qui conduis. »

Pendant un mois, je fus constamment ivre. « Comme Amelio, pensais-je, elle m'a balancé comme Amelio. » J'imaginais qu'en buvant je me changerais les idées. A la pensée qu'à peine finie une cuite je songeais déjà à la suivante, j'avais envie de pleurer. Milo me dit : « Ne fais pas l'idiot » ; les journées rallongeaient. Il était difficile d'être tout le temps ivre. « On est en mars, me dit-il, on travaille avec plaisir. Qu'est-ce que tu as dans la tête, toi ? » Je ne parlais pas et je le suivais en serrant les dents.

Ce mois-là, nous allâmes à Biella et Novare ; nous retournâmes à Casale ; je ne sais pas ce que je fis. La seule chose qui me soit restée, c'est que je rentrais chez moi le matin, que je dormais au café, que je roulais en camion. Une fois, je sautai sur une roue alors qu'il était déjà en marche, je tombai sur l'asphalte et j'eus l'impression de m'être tué. Ce fut comme un coup de poing entre les yeux et pendant un instant je crus que j'étais guéri. Milo criait et m'appelait. Je le regardais d'un air bête, heureux, en disant : « Je n'étais pas ivre. Je suis bien comme ça. »

Je me souviens que, pendant toute cette période, je mangeais comme un loup. Je mangeais chez moi, je mangeais en camion, je mangeais à Casale et à Novare. Il n'y a qu'en mangeant que mon mal s'endormait. Mais ainsi je prenais plus de force et je souffrais davantage. Tous mes efforts, je les consacrais à prendre des forces.

Milo disait que je devais passer l'examen de conduite et devenir camionneur. Je ne voulus pas en entendre parler. Je gagnais de cette façon un peu d'argent, à la sauvette ; j'avais déserté l'atelier, j'étais trop agité pour en faire plus. Au café des chauffeurs, je jouais : toutes les nuits, si ce n'était pas la guitare, c'était les cartes. Je jouais gros et je perdis de l'argent. Là aussi, pour réussir, il fallait de la passion ; moi, je pensais à tout autre chose. Alors j'allai plus doucement. Milo disait : « Ton défaut, c'est de ne pas mener les choses jusqu'au bout. »

Mais les choses arrivent d'elles-mêmes. Carletto n'était pas parti. Un soir de mars, je m'entends appeler dans la rue. Il n'avait pas de pardessus. « Je l'ai vendu, me dit-il, je suis de nouveau à sec. Et toi, pourquoi est-ce que tu ne me salues pas ? » En marchant et en parlant, on arriva au *Mascherino*. Quand il s'aperçut que je voulais continuer sans m'arrêter, il dit avec son ricanement habituel : « Sois tranquille. Il ne vient plus personne depuis longtemps. »

Nous entrâmes. « Tu as été à l'hôpital.

— Si seulement c'était vrai, me fit-il, mais ils ne prennent pas les gens qui mangent. »

Je pensais : « Savoir qui est-ce qui va le plus mal, de nous deux » ; je lui donnai une cigarette et je me passais la main sur le visage pour voir si j'étais comme lui.

« Tu n'as revu personne ? me demanda-t-il.

— Personne. »

Je fis apporter un œuf sur le plat et je le lui offris. « Tu ne manges pas ? me dit-il. Tu mangeais autrefois. »

Ce soir-là, je fus pris d'une mauvaise joie. C'est Carletto qui m'avait ouvert les yeux. Je mangeai avec lui, je le fis boire, nous nous touchâmes la bosse. « Je suis content que Lubrani t'ait roulé, lui disais-je.

— Et dire que Dorina m'attend à Rome. On mange, là-bas.

— Tu es sûr qu'elle t'attend ?

— On ne sait jamais, dit-il en riant, on ne sait pas. »

A partir de ce soir-là, nous nous vîmes quelquefois. Carletto dormait dans un coin du théâtre avec le gardien de nuit. « Lubrani me loge, me dit-il. Voilà une chose que Lili n'a jamais faite.

— Tu l'as revue ?

— J'ai vendu mon pardessus. »

Ça me soulageait de l'entretenir de la sorte. Nous allions manger et je payais. Il me semblait que j'emmenais une femme. « Aux premiers sous que tu vas gagner, lui disais-je, tu vas prendre le train et te sauver à Rome. Dommage.

— Si je retourne à Rome, je te revaudrai ça.

— Idiot. Qui est-ce qui te parle d'argent ? »

Il fit si bien qu'il vint me trouver au magasin. Carlottina le prit en grippe. Elle le regardait d'un air furieux. Il lui dit : « Pourquoi ne chanterions-nous pas ensemble ? » Il voulut voir ma guitare et l'essaya. « Faisons un trio ; nous deux on chante, et Pablo joue. On va dans les rues, et vous, vous tendez le chapeau. » Il l'embêta quelque temps, Carlottina grommelait. Elle allait lui dire : « Sale bossu. » Alors je pris ma guitare et je sortis avec lui.

A cette époque, Carletto trouva à chanter le soir dans un ciné. C'était au diable, bien loin de l'autre côté de la Doire. « Je m'y connais, me dit-il, c'est exactement comme un grand théâtre. » Là, c'était plus sa bosse que sa voix qui lui servait. Il chantait l'histoire d'un juif qui était enceint dans le dos et, de même que le ventre des femmes grossit, lui, c'était sa bosse qui grossissait à vue d'œil. Puis deux filles plantaient un drapeau tricolore sur sa bosse, chantaient *Va-t'en de l'Italie* et lui donnaient des coups de pied. Les gens riaient et sifflaient.

Il travailla ainsi quelques soirées, gagna vingt lires, puis on le mit dehors pour de bon. Moi, pour lui donner du courage, je lui dis que nous devions aller chanter ensemble. « Dans les cours. On nous jettera de l'eau, tout au plus. — Moi, je peux le faire, dit-il, ne t'en fais pas. » Nous allâmes alors avec guitare et chansonnette dans les cours éloignées. Je le fis pour essayer : un voyage avec Milo me rapportait davantage, mais je voulais aider Carletto. Et puis ça me soulageait d'en arriver à ce point. J'éprouvais du plaisir à me sentir à ras de terre, à être comme écrasé et à ne pas céder. Nous marchâmes toute une matinée. Au bout de quelque temps, nous quittâmes les cours et nous chantâmes dans les rues. Pour moi, ce n'était rien, mais la voix de Carletto devint rauque. Je l'accompagnais seulement et je faisais attention aux concierges. Quant à ramasser l'argent que les domestiques nous jetaient, je n'en étais pas capable. J'avais l'impression de ramasser des mégots. Je fus étonné de voir combien il pleuvait de pièces. Je dis à Carletto : « C'est à toi. Tu dois les ramasser. » En tout, ça ne fit pas deux lires.

Je quittais Milo et je me trouvais avec Carletto. Avec lui, je ressentais moins la journée. Je ne parlais pas de Linda. Il me suffisait de savoir qu'il était au courant. J'étais encore abruti. Je me sentais oppressé, je ne pouvais pas regarder une femme. Ces matins si frais, ces soirées qu'il aurait fallu passer dans les prés — comment pouvait bien être la mer maintenant ? Parfois je pensais que Linda, si elle avait pu, m'aurait repris, et j'étais pris de pitié pour elle aussi. Combien de fois je l'avais plaquée puis reprise ? C'est peut-être elle qui en souffrait le plus et elle plaisantait parce que, de toute façon, elle savait. Peut-être, ce que je comprenais maintenant, Amelio l'avait-il compris lui aussi. Et alors tout était décidé depuis ce jour où elle était venue au magasin m'appeler Pablo. Et, à nouveau, je sentais le chat griffer dans mon sang, parce qu'elle s'était servie de moi pour jouer.

« Toi Carletto, ça t'est déjà arrivé qu'une chose était décidée par quelqu'un d'autre avant même que tu la fasses ? »

Nous parlâmes un moment : lui disait que c'est comme ça pour tout le monde. Qu'il y a toujours quelqu'un qui intervient, qu'on voudrait dire son mot et qu'on ne peut pas.

« Mais ce qui est beau, au contraire, c'est de dire son mot.

— Bien sûr, me dit-il. Mais il y a trop de gens qui ont intérêt à te commander.

— Ce n'est pas ce que je dis. Je veux dire les choses qu'on fait par caprice : le verre qu'on boit, la cigarette qu'on fume, les filles qu'on trouve.

— Il y a trop de gens qui ont intérêt à te commander. Pour ce que tu bois et ce que tu fumes, il y a un patron qui décide.

— Et les filles ?

— C'est le patron qui décide. Si tu ne peux pas travailler et gagner de l'argent, adieu les filles. »

Je ne compris plus ce que je voulais dire. Carletto, lui, attendait, avec des yeux de chat. C'est quelque chose d'autre que j'avais dans l'esprit, de bien différent.

« Tu vois ce qu'ils ont fait en Italie, me dit-il. Tu es maître de bouger un doigt ? Tu peux travailler si tu n'as pas tes papiers ? On te donne une bouchée, si tu ne baisses pas la tête ?

— Je vais en camion sans rien de tout ça.

— Ce que tu peux faire, c'est jouer de la guitare. Et en sourdine. Et même pas chanter, parce que tu ramasserais une amende. »

Voilà, pensais-je, la guitare. Jouer de la guitare, c'est une chose que je fais si je veux. A Novare, j'y vais si je veux. Je vais au bistrot. Je discute avec Carletto. Tout ce que je fais ainsi par caprice, c'est moi qui le fais. Mais les choses importantes, les choses qui vous jettent par terre, ces choses-là arrivent toutes seules. Elles vous viennent dessus comme un camion, comme une mauvaise pneumonie, et derrière, il y a quelqu'un qui s'en réjouit et qui s'amuse.

« Qui veux-tu que ce soit ? Le Père Éternel ? dit-il.

« S'il est là, il est partout, reprit-il. Même derrière les cigarettes et les tours Littoria. »

Il vint des soirs qui avaient une odeur de campagne. Combien j'aurais donné pour aller au *Paradiso* comme avant. Ces nuits-là, c'était vraiment des nuits à faire l'amour. Parfois, en passant, je regardais des vitrines pour femmes. Milo voulait que j'apporte ma guitare et, un dimanche, à Pianezza, il me fit jouer sur la murette d'un pont tandis que passaient des jeunes filles. Elles se mirent même à danser. De cette murette, on voyait la plaine ; on aurait dit une terrasse de Gênes. Cette fois, je compris que j'étais vraiment mal parti. J'eus brusquement envie de jeter les filles en bas du pont ;

heureusement qu'il y avait à boire et que Milo riait. Mais j'en avais assez et je comprenais que, désormais, Turin tout entier et le métier et les routes et les pierres de chez moi ne suffiraient plus à me calmer. Même l'idée que Carletto n'avait pas à manger me laissait indifférent. Je devenais salaud. Ça me dégoûtait de le voir affamé parce que je comprenais que, s'il en avait eu les moyens, il m'aurait laissé tomber lui aussi.

« Il n'y a pas de danger, me dit-il, tu ne veux tout de même pas que je parte sans m'acheter un complet. Je ne peux pas arriver comme ça à Rome. »

Il me parlait de Rome comme Milo des femmes. Il me disait que Rome est une grande ville où tout le monde mange et donne à manger. « Il y a tant de graisse qu'on la sent dans l'air. Personne ne ferme même la porte de la maison. Là-bas, on mange et on vit dans la rue.

— Ce n'est pas plein de tours Littoria ? »

Il ricanait et baissa la voix : « Il y a aussi des gens qui s'occupent de ça. Il y a des malins, j'en connais. »

Puis il racontait que les rues font comme des montagnes russes et que derrière les immeubles on voit des pins. « On peut rester dehors nuit et jour, me disait-il. Maintenant c'est déjà l'été. Rome tout entière est un restaurant, et il y fait toujours beau. Tu vas par ici, tu vas par là, tu sors de la ville. Partout les gens mangent et s'amusent. Toi, tu as ta guitare, tu ferais fortune. »

Jusqu'à ce qu'un matin je dise à Milo : « Je vais à Rome.

— Ce n'est pas Pianezza, répondit-il. On passe six jours sur la route.

— Je veux y aller et y rester.

— Ça te coûterait moins cher d'y aller par le train.

— On est deux. »

Alors Milo me regarda et me dit : « Bon. »

XII

Quand j'arrivai à Rome dans le camion que Milo m'avait trouvé, j'étais content d'avoir fait tant de route, content qu'il y ait dans le monde d'autres pays, des villes, des montagnes, tant d'endroits que je n'avais jamais vus. Nous arrivâmes de nuit. Carletto dormait, appuyé sur le conducteur. Nous nous étions arrêtés pour dîner dans un village à flanc de colline ; et dans cette gargote avec deux cornes de bœuf fixées au plafond et les gens du village qui braillaient comme s'ils avaient été les maîtres, j'avais cessé de penser à chez moi. C'était bon de savoir qu'Amelio n'avait jamais été là-bas. « Cette fois, disais-je à Carletto, c'est nous qui avons décidé.

— On ne sait pas encore, dit-il. Ça s'est bien passé. »

Il faisait frais cette nuit-là, et le conducteur nous laissa au bout d'une avenue, au bord du fleuve. Je ne voulais pas aller à la maison et éveiller les femmes. « On va marcher dans Rome, disais-je ; dans trois heures, ce sera le matin. » Mais nous avions ma guitare et nos bagages. « Et s'il passe une ronde ? » répondait Carletto.

Dorina habitait sur une place au bout d'un pont. « C'est le pont Milvio. » Je marchais et je regardais autour de moi. Il y avait des maisons de dix étages et de tous les côtés les collines illuminées. Il ne passait personne. « On a l'impression d'être à Turin, dans le centre, disais-je. Tandis que nous sommes dans les faubourgs. »

Je m'éveillai le lendemain chez des étrangers, sur un divan très bas. Je n'étais pas chez Dorina ; la nuit, en nous voyant, Dorina, ses filles et la grand-mère avaient fait tant de vacarme que les portes des voisins s'étaient ouvertes et, comme il n'y avait plus de place, j'avais été hébergé par une grosse vieille femme. Quand elle était apparue en chemise de nuit dans l'escalier, elle et Dorina s'étaient mises à crier comme si elles se querellaient. Mais c'était les façons de Rome, et la vieille me fit entrer en me disant qu'elle n'avait pas de filles et qu'elle aimait les guitares et les jeunes gens. Je me mis au lit et je fus bien content de laisser les autres à leur joie de se retrouver.

Je fus réveillé le lendemain par les bruits de la rue, mais la maison était silencieuse et il faisait jour depuis longtemps. Je m'aperçus aussitôt que l'air était différent, semblait plus clair et plus sec — c'était comme un beau temps de juillet par un jour de janvier. « Qu'est-ce que c'est que cette odeur ? demandai-je à la vieille qui allait d'une pièce à l'autre. — C'est le café. Vous en voulez une tasse ? » Mais ce n'était pas que le café ; je le vis en sortant.

Sur la place, devant les deux statues du pont, il y avait une équipe de cantonniers qui faisaient fondre du goudron. « Rome aussi est un pays civilisé », pensai-je.

Nous nous organisâmes de cette façon : je dormais chez la vieille, la Marina, je passais toute la journée avec Carletto et je mangeais avec eux. Dorina était encore plus grosse que sur la photo de Gênes : elle avait l'air d'une mère, de la mère de Carletto, mais elle était jeune. Elle allait dans la maison vêtue d'un peignoir, et disputait ses filles — elle en avait deux, deux fillettes, c'étaient les filles d'un socialiste qui était en prison. Ce qui m'étonna, c'est que Dorina, qui savait chanter et qui avait chanté, ne parlait jamais de théâtre. Elle nous traitait, Carletto et moi, comme des pas grand-chose, des fainéants et des bons à rien, mais elle me dit tout de suite que j'avais été un trésor, que je n'aurais pas à m'en faire et que je n'avais qu'à aller me promener. Elle ne me demanda pas ce que je ferais pour vivre. Je lui proposai de l'argent et elle n'en voulut pas. Elle dit à Carletto qu'on l'attendait au théâtre, il y alla et fut accepté ; je pensais que, quand une femme vous prend pour fils, ou bien c'est qu'elle est déjà mariée ou bien que vous êtes bossu. Comment Carletto faisait-il pour s'amuser avec elle, je n'en sais rien. C'était vraiment un gosse, Carletto, et il ricanait. Quand je lui dis que je comprenais tout mais pas qu'on vole la femme de celui qui est en prison, il me répondit qu'on vole toujours la femme de quelqu'un et qu'il faut se dépêcher parce qu'après il vient un jour où c'est à vous qu'on la vole. « Mais il est en prison, lui dis-je. — On le sait bien. Celui qui va en prison le sait que les femmes s'amusent. On ne peut pas vivre à Rome sans faire l'amour. »

Nous sortîmes avec Dorina et nous allâmes dîner au restaurant. Elle aimait accompagner son Carletto au *Varietà* ; c'était une petite estrade dans un cinéma du centre ; les gens parlaient et criaient tout autour comme si ç'avait été la place du village. Carletto venait nous rejoindre après son numéro. On mangeait de la salade et des beignets. Ce vin jaune ne me plut pas le premier jour mais ensuite je m'y habituai et je buvais et je bavardais. « C'est mon destin, disais-je à Dorina, de toujours manger au restaurant, partout où je vais.

— Tu n'as pas de maison », me dit-elle. C'est plus tard qu'elle me tutoya, mais ça revient au même.

« Je viens d'en sortir, de la maison. J'ai toujours été au milieu des jupes.

— Tu y es bien. Il faut que tu y restes si tu veux avoir une maison à toi un jour. »

Je la regardais et je riais. Ce que j'aimais à Rome, c'était justement cette façon de perdre son temps qu'on sent jusque dans l'air. Si je buvais un verre, ce n'était plus comme à Turin : je ne buvais plus par rage et pour me faire du mal. Je sentais que tout, les gens, les maisons, le vin clair, tout entrait en moi pour me refaire. Je savais que je vivais là et que je travaillerais, que j'avais derrière moi une longue route et les montagnes. Tous les jours, j'avais l'impression que je venais de descendre du camion et que, si je le voulais, le monde entier était une route comme celle qui conduisait à Rome. Si ma rage de

Turin revenait, je serrais les poings, je levais les yeux, je bougeais et je pensais que Pablo était à Rome. C'était suffisant. Cette fois, je n'étais plus le même.

Avec le peu d'argent qui m'était resté de chez moi, je m'en sortais fort bien. La Marina me prenait cent lires et elle me donnait le café et lavait mon linge. Je lui achetai des oranges et, un jour, je lui jouai de la guitare. Elle aussi était grosse mais si vieille qu'elle ne pouvait pas marcher. Le matin, elle restait assise en camisole et en jupe, elle me regardait me raser et me disait que j'étais jeune. Dans ce lit, me dit-elle, une belle fille avait dormi, encore plus belle que Dorina — plus fraîche et plus jeune ; elle se peignait devant ce miroir comme moi, elle se rinçait la bouche dans mon lavabo. Elle était brune, elle s'appelait Rosario.

« Combien demande-t-elle ? » lui demandai-je, tourné vers le miroir.

La Marina, assise, riait. « Vous me plaisez, vous, les Turinois, commenta-t-elle. Vous ne savez pas manger le fenouil. Vous voulez tout de suite arriver au cœur et vous jetez tout. Ça n'a pas de cœur, le fenouil.

— Quelquefois, il nous reste en travers de la gorge. »

Mais Rosario, me dit-elle, c'était une autre histoire. Depuis deux ans, elle faisait fortune ; elle était allée à Fregene et elle y avait trouvé un monsieur très important. Il possédait la moitié de Rome.

« Elle le trempe dans l'huile, le fenouil », dis-je.

Et Marina de m'expliquer que Rome était comme

un tonneau. Elle se démenait sur sa chaise et elle se plaignait. « Si je n'étais pas si vieille, disait-elle. Nous les Romains, nous aimons trop manger et nous promener. Tu vois dans quel état nous sommes réduits. Quand je suis née, on vivait place Campitelli ; pour venir ici le dimanche, il fallait d'abord faire son testament. Eh bien, tu crois peut-être que les maisons, les rues, les immeubles, depuis le pont Flaminio, ce sont les Romains qui les ont faits ? J'en ai vu, crois-moi. C'est vous qui avez tout fait, tout. C'est vous, vous les étrangers. Nous, on avait les pierres, mais est-ce qu'on savait que ça valait de l'or ?

— Moi, les pierres, ça ne me dit rien.

— Tu ne vas pas faire ton Carletto, me dit-elle. Quand je t'ai vu avec ta guitare dans les mains, ça m'a fait mal. Malgré tout le plaisir que j'ai à t'entendre jouer, je voudrais te voir faire autre chose. Regarde : même le Patron[1]. Il vient de chez vous, celui-là. »

Alors je sortais et j'allais me promener. Je regardais les rues et les édifices ; il y en avait de si vieux, de si étonnants, que seuls les Romains pouvaient les avoir faits. J'arrivais à peine à croire que des gens comme moi y avaient mis la main. Même l'air, l'air qu'on respirait, ce n'était pas le même. Je m'arrêtais sur un pont, je regardais et j'écoutais parler. Il y avait des collines et des arbres qu'on ne voit pas chez nous. Cette vieille Marina disait ça comme ça. Si je me trouvais bien dans ces rues, c'était seulement

1. Mussolini. *(N.d.T.)*

parce que tout me semblait différent. Et pourtant, parfois, en traversant le pont Milvio, les soirs de lune, il y avait ce bond des collines au-dessus du Tibre et ces bois au loin, qui ressemblaient aux bois du Pô et à la butte de Sassi. Tous les pays sont semblables quand on les voit au pied d'une colline. J'aimais plus cet endroit que les palais de Rome. Il y avait une avenue de platanes à la sortie du pont qui me faisait penser au Valentino ou à Stupinigi. Il y passait beaucoup de camions qui sortaient de la ville. Dans les restaurants, on voyait des cantonniers et des maçons, il y avait une odeur de chaux, la masse et le pic frappaient toute la journée.

« A Rome aussi on travaille, me dit Carletto. L'entrepreneur[1] est au Palais de Venise. Qui est-ce qui gagne de l'argent, personne n'en sait rien. Ils élèvent des tours, des ponts, des cabinets. N'importe quoi.

— Mais les gens y vivent.

— En prison aussi il y en a qui vivent. Là-bas, on te donne même à manger. »

Puis la vieille Marina me dit quelque chose. Elle avait fouillé dans mes affaires et semblait mécontente. « Tu n'es pas du Parti fasciste, dit-elle un jour. Tu n'as pas de chemise noire.

— Il faut en avoir une ?

— C'est l'habit qui fait le moine. Ta maman ne te l'a pas dit ? Tu es venu à Rome pour gagner de l'argent ou pour en dépenser ? »

1. Mussolini. Le Palais de Venise était alors le siège de la Présidence du Conseil. *(N.d.T.)*

Elle secoua la tête et dit encore : « Il y en a de plus malins que toi qui se sont retrouvés là-bas. »

Carletto et Dorina en voulaient à mort au Parti fasciste. Mais c'était à propos de cela que Dorina maltraitait Carletto. Quand ses filles ne rentraient pas à temps, quand elles cassaient quelque chose, quand les Jeunesses fascistes les faisaient s'enfuir sur la place, la grand-mère commençait à se lamenter parce qu'elles devaient vivre dans la rue, qu'elles devaient mettre l'uniforme. Et Dorina se mettait à crier que si un homme ne comprend pas ce qui se passe dans le monde, qu'est-ce que les femmes peuvent faire ? Elle s'en prenait à Carletto et à son mari en prison. Elle s'en prenait aux années perdues, aux projets déçus, à l'argent perdu. Elle reprochait à l'autre d'avoir eu des illusions et à Carletto de rire et de se moquer. « Si je n'étais pas une femme, disait-elle, je ferais...

— Qu'est-ce que tu ferais ? disait Carletto, tu es plus heureuse que tant d'autres. »

Je me rappelais les fois où Amelio au bistrot écoutait parler de politique. Il y avait toujours quelqu'un qui élevait la voix pour dire que le Duce ne s'était pas trompé, que les Italiens vivent mieux qu'autrefois, que, quand il s'agit de bavarder, tout le monde sait le faire. « Alors tais-toi », dit Amelio un soir. Et il le regardait d'une façon qui lui enlevait l'envie de parler.

Mais, avec moi, Dorina ne parlait pas du fascisme. Quand nous sortions tous les deux seuls pour aller voir Carletto, elle me faisait parler de Turin et des magasins de modes, elle me racontait qu'elle était entrée au théâtre par caprice et qu'à Gênes elle avait tout vendu, ses fourrures, ses bijoux, sa voix. Elle riait : « Je ne sais pas pourquoi, vous me plaisez, vous les Turinois, dit-elle d'un air joyeux. Vous êtes fous, mauvais esprits, vous êtes des obsédés. Si je n'avais pas une famille, pour un peu... » Je la tenais par le bras et je pensais à Turin. « Je suis à Rome, disais-je en moi-même, je suis à Rome. »

« Et à Turin, tu y penses ? » demandait-elle parfois. Puis elle devenait mélancolique et parlait de son âge. « J'ai déjà une fille qui fait de l'œil aux garçons, tu sais ? »

Carletto arrivait et disait : « Je vous y prends. » Dans notre restaurant, Dorina était bien vue par tout le monde. Au début, je croyais que c'était parce qu'elle avait chanté au théâtre — on lui demandait parfois de chanter là aussi. Mais, un soir, j'entends deux types se dire : « Regarde un peu cette femme » et je compris que, pour eux, Dorina était belle. J'aurais donné cher pour en parler avec Carletto. « C'est ça, Rome, me disais-je, stupéfait. Ce sont ces femmes-là qui plaisent à Rome. » Je fis attention dans la rue et je m'aperçus que beaucoup se retournaient pour la regarder. « Tant mieux. Comme ça, elle se console. »

Nous allions donc au restaurant. C'était vrai ce que Carletto avait dit, que Rome est un restaurant et qu'on y vit. Il y venait des familles entières, elles apportaient le poulet, la salade, les fruits, elles commandaient du vin et elles mangeaient. Je repensai au *Mascherino,* où passaient les artistes. Mais c'était un bistrot pour petits vieux ; il y faisait sombre et ça ne servait qu'aux putains et au théâtre. Ici, on mangeait et on faisait de la musique, on riait et on buvait, c'était le centre du quartier. Je me rappelai la nuit des Romains au *Mascherino,* et le lendemain et le jour suivant, et tant de choses. Puis, avec la chaleur, à la fin d'avril, les portes s'ouvrirent, on sentait une odeur fraîche aux tables et les ruelles étaient pleines d'étoiles. Bientôt j'apportai ma guitare — il y en avait d'autres —, et Carletto faisait ses plaisanteries habituelles, et tout le monde commença à m'appeler par mon prénom.

XIII

Après tout, ce n'était pas difficile de gagner un peu d'argent. Rome était pleine de Pablo. Tout le monde me disait que je devais jouer de la guitare, que je devais m'arranger avec quelques restaurateurs pour distraire leurs clients. Mais, cette fois, il n'y avait pas à faire travailler Carletto et en allant par les rues, je jetais un coup d'œil aux vitrines des mécaniciens, j'entrais dans tous les garages et je me renseignais. Un travail de ce genre, je l'aurais fait même à Rome. Mais les uns exigeaient le permis de conduire, les autres me demandaient un certificat de mon employeur précédent, certains ne croyaient pas que je venais de Turin. « Je suis arrivé en camion, leur disais-je. Je sais conduire. » J'étais un idiot de ne pas avoir pris le nom et l'adresse de ce camion qui nous avait amenés. A deux pas de la maison, sur une grande route qu'on appelle la Via Cassia, il y avait un réparateur de bicyclettes qui s'occupait aussi des selles de cheval et des harnais. Là, on n'avait même pas l'impression d'être à Rome ; le gosse qui tenait la baraque me dit : « Il faut en parler à la Blonde. » Je croyais que c'était une blonde et, au lieu de cela, je vois arriver une figure de gitane avec des jupes qui ressemblaient à des pantalons et un corsage à petits carreaux. Elle regarda ma cravate et mes chaussures — la cravate pouvait aller, les chaussures étaient percées — et elle me dit : « Tu connais quelqu'un ? — Pas encore », lui dis-je. Elle m'embaucha.

Avec ce va-et-vient de cantonniers et de manœuvres qui construisaient un pont à deux pas du nôtre, il y avait toujours des bicyclettes à réparer. Pippo, le gosse, était là plutôt pour les enfourcher et faire des courses. La Blonde, c'était une veuve — le Blond était mort — et elle ne savait pas comment faire pour ne pas perdre de clients. Elle nous parlait sèchement, en nous regardant d'un air méchant : on voyait qu'elle avait peur de nous permettre trop de familiarité ; elle était de celles qui se débarrassent de leur mari et qui, ensuite, les pleurent la nuit. Pippo disait que, de nuit, elle était somnambule — elle en avait le visage décharné et les petits yeux, un visage de veuve. Elle était toujours dans l'arrière-boutique et nous surveillait par un trou dans le mur. Le soir, elle faisait ses comptes à une petite table dans cette pièce et elle me payait en fonction des recettes. Elle dormait là derrière, dans un coin sombre ; il y avait une odeur de pétrole et de renfermé. Le matin, j'arrivais, elle m'attendait sur le seuil ; elle ne disait pas « salut » et elle disparaissait. Elle pouvait avoir trente ans.

Pour commencer, je nettoyai la baraque et je demandai un salaire pour Pippo qui vivait de pourboires. Lui, je le mis au seau d'eau pour les chambres à air ; je l'envoyais faire les commissions et, de temps en temps, je lui donnais quartier libre. Je l'habituai à respecter l'horaire. Puis je dis à la Blonde qu'il valait mieux ne pas s'embarrasser des harnais — aucun de nous ne savait les réparer. Il arrivait parfois de la campagne une charrette de vin, une de ces charrettes décorées comme si c'était carnaval, avec un parasol en accordéon et des feuillages sur le cheval. Il y avait une courroie à recoudre — quatre sous. J'en parlai à la Blonde, mais elle ne voulut rien savoir — c'était le métier que faisaient ses parents. Je ne dis rien ; je répondais aux charretiers qu'on avait du travail. Elle comprit et me laissa faire.

Une qui ne comprenait pas que je sois ouvrier, c'était la vieille Marina. « Tu sais que tu vis en banlieue ? me disait-elle. Quel homme es-tu ? Qu'est-ce que tu es venu faire à Rome ? Qui est-ce qui te connaît en ce monde ? »

Puis elle parlait à Dorina et lui disait que personne ne fait son chemin en travaillant à la journée. « Ton Carletto ne fait rien pour lui, lui disait-elle. Vous le laissez mourir comme un pauvre gosse. Ce garçon a de l'or dans les mains et il ne le sait pas. » Mais Dorina lui dit qu'il m'était arrivé quelque chose à Turin. Alors la vieille se tut pendant quelques jours et Dorina riait et clignait de l'œil quand elle me voyait. Elles discutaient en grand secret, et Carletto dut apprendre quelque chose : il riait lui aussi. A la fin, un soir, la vieille me prit à part, me conduisit à la fenêtre et me demanda si j'avais déjà fait mes Pâques. Sur le moment, je ne compris pas et elle, vivement, me mit une image dans la main. « Garde-la dans ta poche. Ça te fera du bien.

— Je n'y crois pas.

— On ne peut pas dire ça, elle est bénie, ça te fera du bien.

— Mais je ne suis pas malade.

— Nous sommes tous malades, va. Tu n'es pas baptisé ? »

Le lendemain, elle était heureuse et, aux ricanements de Carletto, elle répondait : « Ce sont des gosses. Ce sont des jeunes gens qui ne pensent qu'aux femmes. »

Je les laissais dire et je continuais à travailler. Maintenant j'avais plaisir à sortir le soir avec mon argent. La nuit venait — une nuit chaude — et, avec les arbres en fleurs, on avait l'impression d'être en été. En passant le pont pour aller au restaurant, je voyais à droite les collines avec leurs pins et je ne comprenais pas pourquoi elles étaient brûlées et pelées.

« C'est la ville qui les mange, disait Carletto.

— Qu'est-ce que tu racontes ?

— Ce n'est pas que le terrain soit mauvais : il y en a, des arbres, à Rome. C'est que Rome a rasé les campagnes et les collines et se trouve au milieu d'un désert. »

Quand je lui demandai si, du haut des collines ou de Saint-Pierre, on ne voyait pas un peu la mer, il me dit d'y aller : j'aurais plus vite fait. Sans rien dire à la famille, un beau matin, je pris le tram. Je descendis à Ostie et j'arrivai sur la plage. Je me rappelais ce rêve avec Lili, où nous courions au bord de la mer.

Depuis longtemps je ne rêvais plus de femmes. Je marchai sur le sable mouillé. On aurait dit une prairie, je m'assis sur le sable et je restai à regarder l'écume. Puis je marchai vers des pins noirs dans le lointain et, en marchant, je donnais des coups de pied dans des tas d'ordures et je pensais à l'écharpe qu'Amelio avait trouvée.

Je revins le soir, et j'avais encore cette saveur dans la bouche. Maintenant je comprenais pourquoi à Rome les gens emplissaient les rues et riaient et marchaient, et pas seulement les riches mais aussi ceux des faubourgs. Il suffisait de regarder ce ciel au-dessus des toits pour se convaincre que la mer n'était pas loin. Des fenêtres, des portes, des terrasses, même les pauvres diables sentaient la mer. Des manœuvres, des filles, des enfants, des ouvriers ; des gens pauvres, des fainéants qui sortaient dans la rue en parlant fort et en riant. Un matin je rencontrai des fascistes. Ils riaient eux aussi. Il y avait eu une assemblée et ils revenaient chez eux en chantant.

« Ils ont trouvé à boire, me dit Carletto. Tu as déjà vu quelqu'un qui mange et qui boit être mécontent ?

— On dirait des hommes eux aussi.

— On n'est pas à Turin. Ici, à Rome, on vient pour faire du lard. Ici on profite des fruits. Essaie de leur enlever leur assiette et tu verras.

— Mais combien y en a-t-il qui rongent les os ? lui dis-je. L'Italie est pleine de crève-la-faim qui ne mangent pas et, si tu leur demandes, ils sont tous fascistes. »

Nous nous mîmes alors à parler comme Amelio.

Comme Amelio qui commençait une phrase, puis secouait la tête en disant : « Ça n'a pas d'importance » quand il partait sur sa moto et qu'on l'attendait à Novare. Maintenant, je comprenais qu'il n'avait pas confiance en moi parce que je ne lisais pas un journal et que je ne disais jamais rien. J'y pensais ici à Rome. C'est maintenant que j'aurais voulu qu'il soit à côté de moi.

Et Carletto parla comme lui. Il dit qu'en partie, c'était aussi ma faute. J'étais de ceux qui restent à regarder. Comment avaient-ils fait, les fascistes? Fait le coup de poing. Pris Rome et fait le coup de poing. Nous aussi, il fallait faire bloc et résister.

« A quoi penses-tu? lui dis-je. Tu veux prendre Rome? »

Ce soir-là, nous marchâmes le long des ponts tant qu'il y eut de la lumière. Nous nous appuyions au parapet et nous parlions. Il me raconta que tous les vieux étaient vivants, tous des gens d'avant, prêts à prendre des risques. Il y en avait à l'étranger, il y en avait en prison. Tous tenaient bon et restaient en contact. « Les fascistes ne sont pas tranquilles, me dit-il, les prisons sont pleines. Il y a des gens qui restent chez eux et qui ont un policier à leur porte. Tu sais ce que ça veut dire? » Nous, en tant que nouveaux, il fallait qu'on travaille dans les masses. Qu'on les écoute discuter et qu'on leur donne un coup de main. Les moyens, on les avait : il y avait les journaux à faire circuler. Faire de la propagande dans les masses.

« Organiser une grève », dit-il.

Quand Carletto s'en alla pour faire son numéro, je

pensais en riant : « Et Dorina ? Si son mari sort, qu'est-ce qui va se passer ? » mais je la rejoignis au restaurant en repensant à tout cela, et ça me donnait du courage de savoir qu'il y avait encore de l'espoir pour ceux qui étaient en prison. C'était une nuit belle et claire, et tout le monde allait et venait, partout des enseignes humineuses, des autos et des voitures ; les restaurants travaillaient, la radio chantait — et ces pauvres tordus qui étaient enfermés. Ç'aurait été beau de renverser la baraque. Ne plus voir cette tête [1] sur les murs. Tout casser.

Je me calmai vite et je regrettai de ne pas avoir ma guitare. Ce soir-là apparurent Luciano et Fabrizio, ces deux grands amis de Carletto, on parla du *Mascherino,* et Dorina voulait festoyer avec eux. Plus tard arriva un guitariste avec une fleur à la boutonnière et qui jouait comme un cochon. Tout le monde lui disait d'arrêter et de me passer la guitare. Mais lui s'aperçut que j'étais né un peu plus au nord et me dit : « Salaud. » Puis il me jeta une chaise à la figure. Puis il me dit : « Bâtard. » Quand les agents arrivèrent, il était par terre en train de hoqueter. Comme c'est moi qui l'avais rossé, je dus donner mon nom et le reste, et cela me déplut. Jusqu'à maintenant, qu'est-ce qu'on savait de moi ?

Dorina avait eu une bonne peur ; il fallut la ramener à la maison en fiacre. Puis nous restâmes à nous promener tous les quatre ; nous bavardions en montant la colline.

1. Les portraits de Mussolini. *(N.d.T.)*

« Ça n'arrive pas à Turin, ces choses-là, disait Luciano.

— Comment ? dans les bistrots, il y a de tout.

— Pablo est débrouillard, dit Carletto en s'arrêtant. Pablo sait parler s'il y en a besoin. Il faut le convaincre de venir avec nous. »

Il me semblait que ça faisait bien longtemps que je n'avais pas vu Turin. En les écoutant tous les deux, je pensais à la nuit que nous avions passée à boire et à jouer de la guitare : il neigeait, et le matin j'étais sorti pour m'en aller seul. Cette fois aussi, c'était la nuit, une nuit de Rome.

Je dis : « Et Giulianella ? Elle chante toujours ? »

Eux parlaient de moi et ne me répondirent pas. Cela faisait rire de penser que Carletto commandait. C'est lui qui décidait. « Demain il y a les tracts. Toi, Fabrizio, tu les portes au Transtévère. Toi, Pablo, tu viens avec moi faire la tournée ? »

La tournée, c'était d'aller porter les imprimés dans un quartier donné. « Pablo, toi qui vis en contact avec tant de monde. Les maçons et les manœuvres qui travaillent sur le pont, c'est ce qu'il nous faut. Une grève du bâtiment, tu te rends compte ?

— Ils en savent plus que moi, dis-je. Ils viennent dans la boutique, et c'est eux qui me font de la propagande. Ils savent à un centime près ce que les entrepreneurs ont volé.

— Il faut recueillir ces données, dit Luciano. Nous devons les faire connaître à nos amis. »

J'acceptai le lendemain d'aller faire la tournée. Nous sortîmes rapidement à midi parce que la

Blonde était dans la boutique. « Où sont les tracts ? » Carletto me répondit en ricanant : « On les a. » Nous marchions en discutant de choses sans importance. Puis nous sautâmes dans le tram qui passait. Nous descendîmes après Saint-Pierre. « Si seulement je n'avais pas cette bosse, disait Carletto, tout le monde me reconnaît. » Tandis que nous marchions, je bouscule un soldat. Celui-ci se retourne et me cherche querelle. J'allais déjà répondre, mais Carletto m'arrête. « Laisse. Une autre fois. » Nous nous enfonçâmes dans ces ruelles à la sortie du pont. Ce sont des trous qui ressemblent à des écuries. « Comme à Gênes », dis-je à Carletto. Lui ne parlait pas. Il se jeta sous un porche. « Attends ici. »

C'était sombre et puant là-dessous. Une minute plus tard, je le vois apparaître dans la rue. Il venait lentement en ricanant ; nous nous en allâmes.

« Alors, dis-je, on les dépose, ces tracts ?

— Déjà fait, me répondit-il à voix basse, on retourne dans le centre. »

« C'est tout ? » me demandais-je en regardant autour de moi. « Et pourquoi ne m'as-tu pas donné un tract à lire ? Je veux savoir ce qu'ils écrivent, ceux-là.

— Ç'aurait été une imprudence, dit-il. Ce ne sont pas des choses à lire dans le tram. »

Je ne comprenais pas où était le grand danger. Carletto m'expliqua ce que disaient les tracts.

En revenant à la maison, j'y réfléchissais et je cherchais à me mettre à la place de ceux qui recevaient ces papiers. Qu'est-ce que j'aurais dit en lisant que tout le monde volait, qu'il fallait tenir bon et ne pas trahir les Italiens, que le monde entier en voulait aux fascistes ? Il y avait ceux qui écrivaient ça et qui risquaient leur peau. Mes cantonniers disaient la même chose dans la boutique. Je ne comprenais pas ce besoin de l'écrire pour se faire prendre. Je ne comprenais pas quel plaisir y prenait Carletto. Quand on arrêtait quelqu'un avec ces papiers, les fascistes étaient heureux. Il le disait lui-même. Ils les lui lisaient sous le nez et puis les coups pleuvaient. Est-ce que ça en valait la peine ? Si on veut faire un tour à quelqu'un, on ne doit pas le lui dire à l'avance.

En retournant à la boutique, cela me faisait un certain effet. Somme toute, j'étais content de savoir comment ça se passait. Jamais la Blonde ne pouvait penser que j'étais allé faire la tournée. Et la vieille Marina ? Je ne sais pas ce que j'aurais donné pour en parler à Amelio. Je le revoyais dans son lit, au milieu de tous ses journaux. Mais lui, il devait avoir été plus malin. Par exemple, avec moi, il n'avait jamais dit un mot. J'aurais donné cher pour lui en parler cette fois.

Au lieu de cela, c'est Solino qui vint à la boutique ; il avait été l'ami du Blond, il travaillait au goudron et passait la moitié de ses journées au bistrot.

« On ne nous paie pas, dit-il. Pourquoi travailler ?

— Qui est-ce qui vous paie ?

— L'entrepreneur a intérêt à ce que ça dure. Il touche quelque chose, lui, sur nos journées. »

Par sa petite fenêtre, la veuve regardait. J'avais allumé une demi-cigarette et je restais à la porte. Un camion passa avec une grosse remorque, il avait une plaque minéralogique d'Ancône.

« Ça aussi, c'est vivre, disait Solino. Ils s'en font de l'argent !

— J'y ai travaillé, dans les camions, dis-je alors. J'aimerais aller un peu sur ces routes. »

La Blonde vint dans la boutique de son pas nonchalant. « Donne-moi du feu », dit-elle. Elle fumait souvent elle aussi à la porte et elle tenait sa cigarette comme le font les enfants. Elle était en bleus de travail, ceux du Blond.

« Tu veux aller en camion ? » demanda-t-elle.

Solino cracha dans la rue et fit quelques pas. « Attention ! lui dit-il. S'il vous laisse tomber, alors vous êtes veuve pour de bon. »

XIV

Maintenant, je mangeais au bistrot, là en face, et je voyais la boutique. Je mangeais au frais, sous les arbres, et vers midi j'entendais les maçons. Ils arrivaient couverts de chaux et commandaient un litre.

Pas une fois la Blonde ne me dit de manger avec elle dans la pièce. On voyait qu'elle souffrait d'être seule ; parfois elle venait sur le seuil et elle fumait. Avec ce corsage à petits carreaux, elle avait l'air d'un garçon. Elle ne prenait jamais le soleil, mais elle avait quand même la peau brûlée. Il y avait des jours où j'essayais de m'imaginer des choses anciennes : que ce n'était pas la Blonde et que nous étions ensemble. J'étais resté comme quand on guérit de la fièvre — il suffisait d'un rien pour me remuer le sang. Mais le soir j'étais content de m'en aller.

Avec Dorina et Carletto, je prenais mon dîner et je laissais carrément ma guitare au restaurant. L'occasion se présentait toujours de jouer des chansons romaines, et Carletto savait les chanter comme un Romain. Il venait des filles — les Lili qui vivent à Rome — toutes accompagnées de leur jules. Moi, j'allais parmi eux, heureux et insatisfait, mais je savais ce que c'était et je buvais là-dessus. Giulianella, la sœur de Luciano, reparut et nous passâmes toute une nuit à chanter dans les rues. Nous décidâmes à trois ou quatre d'aller nous baigner au Lido. Et puis, comme nos maillots n'allaient pas, nous partîmes pique-niquer à la campagne. Là aussi, quelles terres ! Jamais on ne voit une vigne et ils n'ont que du vin. Nous montâmes à Rocca di Papa : on riait et on mangeait.

Une fois, j'écrivis chez moi pour dire que je m'étais arrangé. Quand leur lettre arriva avec le cachet de Turin, je la gardai dans ma poche et je la relus plusieurs fois. Il y avait écrit : « Ta sœur Carlotta. » Ils ne me boudaient plus et me disaient : « D'accord. » Cela semblait étrange qu'elle vienne de là-haut.

Giulianella aussi se moquait souvent de moi. Elle me demandait si j'étais vraiment venu à Rome pour épouser la veuve. Elle fourrait son nez dans les discussions que j'avais avec les autres et disait : « Si Pablo gagne la boutique, il vous envoie promener et il devient fasciste lui aussi. — Qu'est-ce que la boutique vient faire là-dedans ? dis-je.

— Mais alors, où est-ce que tu as une petite amie ?

— Viens me trouver, je te le dirai. »

Il y avait Dorina qui devenait nerveuse quand elle nous entendait bavarder de politique. « Vous ne savez pas ce que c'est que de les voir chez soi, nous disait-elle. Ils mettent tout sens dessus dessous, ils tirent la chasse dans les cabinets. Vous ne savez pas ce que c'est que d'avoir un homme en prison. Je préférerais le voir mort. Il n'y a plus de paix pour personne. C'est une mort qui dure des mois, des années.

— Tout sert, dit Carletto. Même ces injustices.

— Mais pas ceux qui sont en taule.

— Il suffit qu'ils sachent pourquoi ils y sont. »

Un jour, on entendit parler de gens qu'on avait arrêtés parce qu'ils allaient ensemble au café le soir. Luciano, qui nous rapporta le bruit, en connaissait quelques-uns. C'était des avocats, des étudiants, des gens bien. « Voilà, dit Carletto, ça, ce sont des gens qui savent pourquoi ils sont en taule. Tu voudrais qu'un docteur, un avocat, s'y mette à la légère ? Ce sont des gens qui ont beaucoup à perdre et qui étudient dans les livres.

— Ils le savent peut-être, lui dis-je, mais qu'est-ce qu'ils ont fait ?

— De l'opposition, eux aussi.

— Pour se raconter des histoires dans un café, ça ne vaut pas le coup. Je voudrais en entendre un, de ces types bien, pour savoir s'il est content.

— Ils faisaient la tournée, eux aussi », dit Luciano.

Mais à quoi servait cette tournée, lui demandai-je. Mettre par écrit ce que tout le monde savait, c'était vraiment trop bête. Ça ne valait pas la peine de prendre des risques. Qu'est-ce qu'ils voulaient, les étudiants et les gens bien ? Se mettre à la place des fascistes. Qu'ils le fassent. De toute façon, nous, l'ouvrier, le porteur, eux, Luciano et Giulianella, les familles qui vivaient à dix dans un trou, ne comptaient pas. Il y en avait toujours d'autres dans le camion. C'était comme si on se jetait dessous. « La Marina, dis-je, qui est une vieille canaille, se rappelle comment on vivait autrefois. C'étaient eux qui commandaient autrefois. »

Là, Luciano me donna raison, mais il dit qu'on essaie toujours de changer. « D'accord, lui fis-je, mais dis-moi comment. Jusqu'à maintenant, personne ne me l'a dit. »

A un certain moment, ce fut Carletto qui cria : « Je te connais. Tu veux tout faire tout seul, au petit bonheur la chance. Tu as peur qu'un autre te roule. C'est ton destin. Mais les choses ont lieu même si tu ne veux pas.

— Sale bête ! lui dis-je, elles arrivent à beaucoup d'entre nous. »

La fois suivante, je le dis tout net, même à Carletto : « Pour se fier à ceux qui étudient, il faut étudier. Est-ce que tu as jamais compris, quand ils parlent, s'ils sont de ton côté ? »

Je dis cela comme ça, pour le faire cesser. Mais il y avait longtemps que j'y pensais, à cette idée d'étudier. Pour comprendre, il faut étudier, pas les bêtises qu'on nous apprend à l'école, mais comment on lit un journal, comment est fait un métier, qui est-ce qui commande dans le monde. On devrait étudier pour pouvoir se passer de ceux qui étudient. Pour ne pas se faire rouler par eux. Déjà alors je comprenais que c'est ça la bonne voie. Pour étudier ainsi, il y avait certainement un système. Il y avait quelqu'un qui savait tout cela. Mais il fallait le trouver et lui faire comprendre que j'avais compris.

Tous les soirs, on discutait et on rentrait après minuit. Pour ne pas éveiller l'attention, nous allions sur les boulevards, nous changions de bistrot, nous sortions dans la campagne. Dorina et quelques autres femmes venaient avec nous. La guitare nous servait d'excuse, mais il y avait des nuits où j'aurais joué comme un fou même tout seul. Sous les arbres, dans cette fraîcheur au clair de lune, je ne pouvais pas me tenir. L'air de Rome est vraiment fait pour qu'on reste éveillé. C'est à ce moment-là que j'aurais voulu savoir y faire, savoir chanter comme les nègres, avoir étudié. Je suis le plus jeune, disais-je, j'ai encore le temps. Quelquefois je pensais à ce qui m'était arrivé en un an, combien j'avais changé, je pensais à la chance de ce voyage. Tout va bien si ça va bien, me disais-je.

J'étais allé une fois chercher des pièces détachées à un atelier sur la Via Aurelia, et depuis je sortais toujours à bicyclette une heure ou deux l'après-midi. Je laissais la boutique au gosse et à la Blonde. Une fois elle me demanda si j'allais loin. « Je vais faire un tour, lui dis-je.

— Où passes-tu la soirée ?

— Où voulez-vous que j'aille ?

— Tu ne danses pas, tu ne joues pas aux cartes, tu ne vas pas au Transtévère.

— Je le faisais à Turin.

— A Turin aussi il y a le Transtévère ?

— Quelque chose de l'autre côté de la Doire. Ça s'appelle le Fortin.

— Qu'est-ce que tu faisais ? »

Elle parlait et regardait par terre. Elle n'était pas sotte. Elle se balançait sur ses pieds et me regardait.

« Je ne réparais pas les bicyclettes. »

Mettant ses mains derrière son dos, comme une fillette, elle me regarda sans rire. Je la regardai sans rire et déjà j'avais tout compris.

« Ces endroits-là sont toujours au bord de l'eau, lui dis-je. Pourquoi ? »

— Eh oui, pourquoi. »

Ce fut tout parce que je ne voulus pas aller plus loin. Elle me dit qu'elle allait au cinéma ce jour-là. Je pensai : « Avec son corsage à petits carreaux ? » En pensant à cela, je lui jetai un coup d'œil. Elle me comprit et je vis ses yeux rire. Bon sang, elle était rudement éveillée. Et elle avait l'air d'un garçon. Jusqu'à la nuit, je revis sa tête frisée et cette bouche et sa démarche en bleus de travail. Ce fut cette fois-là que je me sauvai sans attendre la fermeture.

J'y réfléchis plusieurs jours ; il fallait tenir compte d'un fait. Elle était toujours dans cette pièce et elle ne voyait personne. Elle ne me gâcherait pas mes soirées dans le centre. J'y pensais et je riais. Depuis combien de temps je ne savais plus ce que c'était. Parfois, tandis que je parlais et que je plaisantais avec les autres, je sentais en moi une vague de sang et je savais que la Blonde m'attendait. C'en était encore plus beau de rester tard avec les autres.

Ainsi les soirs passaient et je ne faisais pas un pas. De toute façon, elle n'allait pas se sauver. C'était bon de la laisser venir d'elle-même. Cette fois, je savais ce que je cherchais et il n'y avait pas besoin de remuer un doigt. Le matin je demandais à la Marina si je n'étais pas un garçon irréprochable, de dormir toujours seul. Elle me regardait de travers en grognant. Je lui dis alors que c'était la faute de l'image parce que, depuis que je l'emportais dans la poche de mon pantalon, j'aimais trop les femmes. Elle me regarda en clignant des yeux, puis elle dit : « Ris toujours. Tu verras qu'il arrivera quelque chose. »

Un soir la Blonde me demande : « Tu m'accompagnes demain au football ? »

J'aurais imaginé bien des choses mais pas ça. Tout le monde y allait, au football, même Luciano. J'expliquai que j'étais déjà avec des amis.

« Je viens, me dit-elle. Prends-moi un billet. »

Elle vint donc et s'assit parmi nous. Elle ne s'était pas mal habillée et elle ne me ridiculisa pas. Elle était entre Carletto et moi, l'air agité, elle regardait comme si elle avait parié et elle poussait des cris en serrant son poing contre sa bouche. Elle ne voulut pas de bière. Giulianella chercha à lui parler et l'invita à aller entendre Carletto au *Varietà*. Elle répondait tout doucement, mais, à certaines phases du jeu, elle attrapait mon bras et serrait. A la fin, je me serrai moi aussi contre elle sans parler.

Nous allâmes tous boire ensemble dans un bistrot, mais elle ne finit pas son verre. Ils s'appelaient les uns les autres par leur prénom et ils riaient. Nous n'avions pas de guitare, mais Carletto chanta quand même des airs de sa revue. Nous demandâmes à la Blonde pourquoi elle ne resterait pas le soir avec nous. On pouvait aller dîner dehors. Moi aussi je lui dis de venir.

Nous passâmes donc au restaurant pour reprendre ma guitare ; puis on alla dîner dans les environs de Rome. Il y avait un endroit agréable sur une route ancienne où on va en passant sous une arcade comme un grand porche. C'est Giulianella qui le connaissait. Nous marchâmes entre les murs et la campagne, on voyait des arbres noirs et des morceaux de pierre. Je n'ai jamais vu une campagne aussi vide. On avait envie d'être hirondelle et de la survoler.

Nous nous assîmes dehors, devant ces tables plantées en terre, sous un grillage couvert de joncs. Nous étions à deux pas de Rome, et Rome n'était plus là. Le soir venait mais on ne nous donna pas la lumière.

Là on mangea, on joua de la guitare, on rit en buvant. La Blonde ne parlait pas et nous écoutait faire les fous. Elle aimait entendre la guitare. Ils me chauffèrent peu à peu et je buvais, mais pour jouer, je voulais qu'ils soient silencieux parce que, ce soir-là, j'avais envie que les notes soient nettes.

Quand ce fut l'heure de retourner au théâtre, elle ne voulut rien savoir. Elle dit qu'elle s'était bien amusée et qu'elle rentrait chez elle. Nous discutâmes dans le tram, mais elle ne voulut rien savoir. Tous disaient : « Accompagne-la, Pablo. » Moi qui avais bu et qui pensais encore à cette campagne, je l'aurais bien laissée rentrer seule, mais ils ne me le permirent pas. « Après tu reviendras au théâtre », me dit Dorina.

Et ainsi nous nous en allâmes chez elle, la guitare en bandoulière. Tant que nous fûmes dans le tram, tout alla bien. Mais, quand elle fut seule à côté de moi, en marchant, il fallut bien que je dise quelque chose.

« Je ne savais pas que vous vous appeliez Gina. »

Elle me regarda à la dérobée. « Comme toi tu es Pablo. »

Nous arrivâmes en silence à la boutique. Elle ouvrit, puis me demanda : « Tu prends le café ? »

Tandis qu'elle était dans l'arrière-boutique en train de le faire chauffer, je posai ma guitare ; j'attendais. Par la lucarne éclairée, je l'entendais siffler.

« Elles sont rares, les femmes qui sifflent », dis-je.

Elle cessa de siffler, puis j'entendis : « Ce n'est pas défendu.

— Une femme en salopette ne fait rien de mal si elle siffle. »

Elle ne me répondait pas et je ne compris pas pourquoi.

« Ça vous va bien la salopette, lui dis-je. Si je pense à vous, je vous vois en salopette jour et nuit. »

Elle ne répondit pas et on n'entendait même pas de bruit. Alors je restai à la porte et je ne savais que faire. A cette heure-là, personne ne passait et la boutique était dans l'obscurité. Puis la lumière s'alluma. Je me retournai. Elle était là devant moi, en salopette, qui riait.

Toute la nuit, nous restâmes ensemble sur ce lit. Elle était de celles qui aiment s'amuser. De temps en temps je disais : « Je m'habille. — Ne t'en va pas, disait-elle, tu ne dormiras peut-être pas une autre nuit avec moi. » Je l'appelais Ginetta. Elle riait et pleurait ; elle ne restait jamais tranquille. Quand elle s'allongea et ne dit plus rien, je restai moi aussi les yeux ouverts dans l'obscurité.

Comment sont les femmes, pensais-je, elle a déjà compris que je ne me soucie pas d'elle. Il me revenait une rage lointaine, comme si elle était quelqu'un qu'elle n'était pas, comme si cela ne me plaisait pas d'être avec elle. Elle m'avait dit tant de choses de ces jours derniers — tant de mots, tant de mouvements brusques, tant de regards qui lui avaient fait comprendre que j'avais besoin d'elle. « Ce n'est pas vrai, pensais-je, c'est une femme. Elle ne veut pas dire que c'est elle qui me cherche. » J'aurais voulu aller chez moi et être seul. Est-ce que je devais l'avoir jour et nuit dans les jambes ?

Le matin vint et je m'éveillai alors qu'elle était déjà levée. Elle me faisait du café. « Tu n'as pas faim ? » Elle avait mis le corsage qu'elle portait toujours, elle vint vers le lit et me regarda.

« Patronne, lui dis-je, il y a quelque chose qui ne va pas ? »

Elle me jeta les bras autour du cou et resta là comme une idiote. Je l'embrassai comme avant et je lui dis : « Qu'est-ce que tu as ?

— Tu ne mets pas les gens à l'aise, me dit-elle. Tu ne penses pas à moi. »

Ce matin-là, je compris comment ça se passe. Si on aime quelqu'un, il en rit. J'étais sur le point de rire, sans en avoir envie. Je ne le lui dis pas, mais je lui dis qu'elle devait faire attention. « Nous ne sommes pas mariés, lui dis-je, tu le sais ? Faisons comme si c'était toujours hier. »

J'allai dehors fumer une cigarette devant le fleuve. Tout de même, elle était belle, la butte avec les terrasses et les villas. Et l'eau sous les arches, dans le soleil, était belle aussi. Du chantier du pont venait un bruit de coups de masses. Je me rappelai les montagnes cet hiver au bout de l'avenue.

Je rentrai et la matinée passa. Gina faisait un contrôle de pneus avec Pippo. Je pensais déjà à l'emmener manger une bouchée, quand Pippo m'appelle de l'arrière-boutique. Il y avait quelqu'un à la grille du jardin qui voulait me parler. « Qu'il entre », lui dis-je. C'était Carletto, qui ne riait pas cette fois.

« Ah ! tu es là, dit-il en courant à moi. Ce matin ils ont pris Luciano. »

XV

« C'est justement aujourd'hui que tu choisis pour passer la nuit dehors, me dit-il. Je t'ai demandé et tu n'étais pas là ; j'ai failli me trouver mal. Mais où étais-tu cette nuit ? »

Je pensais à tout autre chose et lui aussi y pensait, mais il était si agité qu'il parlait de moi. Ce n'est que plus tard que j'ai su comment ça s'était passé. Je l'ai même su plus que je n'aurais voulu. A partir de ce matin-là, Carletto non plus ne fut plus le même. Il arriva presque à nous faire peur, à nous aussi.

Giulianella était venue le matin chez eux. C'est Carletto qui était allé à la porte, et Giulianella l'avait embrassé en pleurant. Ils étaient venus à quatre ou cinq alors que Luciano dormait, ils avaient bouleversé la maison, puis ils l'avaient fait s'habiller et l'avaient arrêté. Giulianella était encore chez nous pour savoir ; elle croyait que nous étions tous arrêtés.

« Laisse tomber, dis-je à Carletto.

— Imagine un peu quand je sonne chez toi et que la Marina me dit que tu n'étais pas rentré. “ Ils ont dû le prendre dans la rue, me crie Dorina. Ils vont prendre tout le monde. Même toi. ” J’ai couru te chercher.

— Qu’est-ce qu’il a bien pu faire, Luciano ? » dis-je gaiement.

Mais Carletto avait les mains qui tremblaient. Ce n’était pas fini. Giulianella disait qu’on avait trouvé des papiers chez Luciano et que s’il parlait maintenant, c’était fichu.

« Le malheureux, disait Carletto. Tu vas voir qu’ils vont le battre et le faire parler. »

J’y réfléchis et je me tus. J’aurais voulu lui dire : « Tu as vu ? » mais il me fit pitié et je dis : « Tu es encore libre. » La prison, quand on en parle, ça n’a l’air de rien.

Je demandai à Carletto s’il en avait, lui, des papiers. Il me dit : « Non. » Puis il se mit à marcher dans la chambre ; il s’arrêta en criant : « Misère.

— Qu’est-ce qu’il y a ?

— Il y a les livres du mari de Dorina. »

Après il me dit qu’il ne voulait pas rentrer chez lui. « Ils n’arrêtent pas les gens que la nuit. Il peut se faire aussi qu’ils attendent pour me prendre quand je fais la tournée. Ou au théâtre, si ça se trouve. Ou ils ont l’intention de faire une rafle et d’embarquer les femmes aussi. »

Je le laissai dire ce qu’il voulut et je réfléchissais. Si Carletto se sauvait, tout le monde comprenait. Il prenait des risques pour rien. Il fallait savoir ce qui était arrivé ; pourquoi on avait pris Luciano et pas lui. Il pouvait se faire que Luciano ait d’autres amis. Par exemple ces étudiants et ces avocats du café.

Je dis mon idée à Carletto qui tournait en rond dans la pièce. Sur le moment il ne me répondit pas. Il était pâle et agité. Puis il s'arrêta et dit : « Tu comprends ce que je veux dire pour ces papiers ? Si on l'a pris, c'est parce que quelqu'un a parlé. Et lui aussi, il parlera s'il ne sait pas que je suis libre. »

Je me rappelai, quand je marchais par les rues de Turin pour m'enivrer, que plus je buvais et plus je pensais à tant de choses, et que mon sang était comme l'eau dans une chaudière. A ce moment-là, je ne pouvais pas rester tranquille et je parlais tout seul, comme Carletto. J'avais toujours ces choses-là devant les yeux, nuit et jour.

« Moi, je ne bouge pas d'ici, me dit Carletto. Personne ne sait que je suis ici.

— Si j'ai le temps, je vais à la maison chercher ces livres, dis-je alors. Dorina va s'inquiéter. »

Je lui dis de rester dans le jardin et je partis. Sur la place, tout était tranquille. Je montai l'escalier, tout doucement je dois le dire, et j'étais déjà prêt à entrer d'abord chez la vieille, quand l'autre porte s'ouvre et j'entends : « Pablo. » Elles étaient toutes là, Dorina, Giulianella, ma vieille et la grand-mère. Je m'attendais à voir Giulianella plus abattue. Elle était seulement un peu nerveuse. La plus agaçante, c'était la grand-mère, toujours dans les jambes. Je dis tout de suite à Dorina de me faire un paquet des livres. Puis j'expliquai que Carletto avait pris peur et qu'il n'y avait plus rien à faire.

« Il faut que vous partiez, il faut que vous vous en alliez, disaient les femmes.

— Et Fabrizio, ils l'ont pris Fabrizio ?

— Mais non. »

Pour faire quelque chose, nous décidâmes qu'ils partiraient. Il suffisait qu'ils aillent hors de Rome chez des parents. C'est Dorina qui alla à la boutique parler à Carletto et organiser ce départ. J'emmenai Giulianella, je pris le paquet de livres en me disant : « Je vais les jeter dans le Tibre. »

Mais nous entrâmes dans un café parce que Giulianella était lasse de marcher. Au sujet des papiers, elle me dit qu'elle n'était pas sûre. Ils avaient pris des lettres, même des partitions et des choses écrites à la machine, mais c'était peut-être seulement un texte pour le théâtre. Tandis qu'elle parlait, je voyais qu'elle avait les yeux rouges. Elle ne s'en prit pas à son frère, elle ne s'en prit à personne. Elle dit seulement qu'elle était certaine qu'ils le frapperaient. « Quand ils enferment un bourgeois, me dit-elle, ils le traitent bien. Nous autres, au contraire, on est comme les communistes.

— Nous le sommes peut-être », lui dis-je.

Elle eut à peine un sourire et me demanda si je venais au théâtre. Il fallait expliquer au patron qu'il y avait trois manquants.

« Il faut que je m'occupe de ces livres. Je vais à la maison. A tout à l'heure. »

Dans la rue, je me demandais s'il était vrai qu'ils frappaient seulement ceux qui travaillent. Tu vas voir qu'ils ont plus peur de nous que des bourgeois. Je commençais à comprendre quelque chose à ce jeu.

Carletto et Dorina, assis sur le lit, discutaient

encore. Gina attendait à la porte ; elle avait eu la présence d'esprit d'envoyer Pippo en commissions.

« Il en est arrivé des choses », lui dis-je à l'oreille en passant.

Elle ne répondit pas et baissa la tête, toute rouge, devant moi.

Pour que Carletto comprenne qu'il devait s'en aller, il fallut qu'il voie qu'il n'y avait pas d'autre lit. Je lui dis que, somme toute, ils n'avaient pas pris de papiers, qu'il devait rester calme, que Luciano était débrouillard. C'est Dorina qui alla décider ce qu'il fallait faire avec Fabrizio, et Carletto mangea deux bouchées là derrière. Je dis à Gina de fermer et je l'emmenai avec moi. Nous allâmes ensemble au bistrot d'en face.

Vers le soir, arrivèrent Dorina et Fabrizio. Ils avaient vu beaucoup de gens et partout c'était tranquille. Chaque fois qu'on frappait à la porte, c'est Carletto qui courait à la lucarne. Nous lui expliquâmes qu'il était inutile d'aller à la campagne : si la police le recherchait, elle le prendrait aussi bien là-bas. Je vis que Carletto avait compris, mais qu'il ne voulait pas reculer, par entêtement. Il partit finalement avec Dorina et son paquet, et Fabrizio retourna à son théâtre.

Plusieurs jours passèrent ainsi et on ne vit plus personne. Tous les soirs, quand Pippo s'en allait, les yeux de Gina m'attendaient. Avant, elle parlait d'un ton brusque et sec ; à ce moment-là, elle me regardait d'un air désespéré. Si j'allais près d'elle et lui disais quelque chose, elle me prenait les mains. Je restais quelquefois la nuit.

C'était le mois de juin et ça faisait de la peine de penser à ceux qui étaient en prison. Pourquoi eux et pas nous ? Je ne sais pas pourquoi je m'étais persuadé qu'on les frappait la nuit. Je pouvais m'en aller par toutes ces rues, passer la nuit avec Gina, rentrer le matin — je n'arrivais pas à détacher mon esprit des autres en prison. Plus il faisait frais et plus il y avait de gens joyeux dans les rues — le long du Tibre, dans les jardins, devant les cafés —, plus j'en souffrais. Quand je me promenais à bicyclette l'après-midi, je sortais de la ville, je cherchais les quartiers les plus lointains et les plus tranquilles ; je ne pouvais pas tenir dans les carrefours du centre où il faisait chaud, où il y avait un vacarme d'autos et de gens, où l'asphalte était brillant et puait. La place de Venise était proche, et je sentais cette puanteur et cette voix [1]. On la sentait en regardant les édifices et les journaux. Les passants la portaient sur eux. On tournait au coin d'une rue, et ces ruelles du centre étaient de vrais cabinets. Depuis combien de temps les Romains y pissaient-ils ? J'étais passé rue de la Lungara pour voir les prisons. Là aussi, cette odeur qui cuisait au soleil.

Je cherchai Giulianella au restaurant, mais elle n'y était pas. Je ne savais pas où elle habitait et je ne voulais même pas le savoir. Je trouvai Fabrizio qui me dit qu'il valait mieux attendre. Giulianella allait à la prison porter à manger, des vêtements, et on la

1. C'est du balcon du Palais de Venise que Mussolini s'adressait au peuple romain. *(N.d.T.)*

suivait certainement. Il valait mieux ne pas se faire voir.

Tout cela nous enlevait l'envie de rire. Il ne restait plus personne, sauf Gina et la Marina. Je cessai de sortir à bicyclette ; je restais à la boutique. Après tout la vieille Marina ne m'embêtait pas. Elle s'occupait des deux filles de Dorina avec la grand-mère. Gina aussi avait compris que j'étais fait à ma façon, elle me laissait aller et venir, et c'est elle qui s'occupait de la boutique. Elle ne changea rien dans le pourcentage qu'elle me donnait. Elle avait essayé le jour suivant — elle voulait m'entretenir. Mais elle le fit avec tant de timidité que je me mis à rire. « Chère femme, lui fis-je, tu veux que nous mettions le lit dans la boutique ? Je suis Pablo et je travaille à la journée. Qu'est-ce que c'est que cette histoire ? »

Je m'en allais là en face manger des fenouils. Puis je jouais un peu de guitare et je m'asseyais sur une caisse. Le travail pressait à la boutique. Quelquefois, il arrivait une moto et je pouvais toucher un moteur. Si j'avais eu un capital, ç'aurait été le moment de nous agrandir. Gina comprenait et elle était d'accord. Elle restait éveillée la nuit pour y penser. Moi, je parlais avec les uns et les autres, je faisais mes comptes ; mais est-ce que je croyais vraiment au lendemain, je ne sais pas. Depuis le matin de Luciano, il était arrivé quelque chose. Je le sentais dans l'air qu'il y avait quelque chose. Cela ne pouvait pas durer, mais j'espérais encore que c'était une idée. Il y avait des fois où moi aussi j'étais pris d'inquiétude. Je ne me calmais même pas avec Gina.

Elle faisait tout pour que je sois content, pour que

je reste sur ce lit à l'écouter une demi-heure. Elle me parlait de quand elle était encore enfant, de la boutique qu'ils avaient de l'autre côté de ces montagnes, là où son père avait été charron et maréchal-ferrant, et où venait un joueur de guitare comme moi. Elle voulut laver mon linge et le raccommoder. Elle me faisait des salades, avec du poivre et de la viande. Un soir, elle me dit d'un ton mi-brusque mi-pleureur qu'elle ne pouvait pas avoir d'enfants parce qu'on l'avait opérée. Elle dit : « Tu n'as pas à avoir peur », et elle m'attirait sur elle. Je lui répondis qu'on ne sait jamais.

C'était le mois de juin et je pensais à aller au bord du Tibre. Mais je n'étais pas tranquille. J'aurais voulu rester à la maison tout le temps pour apprendre plus vite les nouvelles. Dorina devrait bien revenir un jour. Et Fabrizio m'avait promis de me dire ce qui se passait. Il y avait des fois où je pensais que c'était peut-être mieux ainsi. Je ne verrais plus personne, je ne penserais plus mal. Je passerais cet été à travailler à la boutique. « Une à Turin et une autre à Rome », grommelais-je. « Reste avec moi », disait Gina ces soirs-là. Heureusement, pensais-je, que j'étais toujours en forme.

Un jour je mis la main sur le paquet de livres. Je ne les avais pas jetés dans le Tibre. Ils étaient vieux et crasseux. Je les regardai pour passer le temps et je dis à Gina : « Si quelqu'un te demande à qui ils appartiennent, c'était au Blond. » Il y en avait qui étaient écrits en français et en d'autres langues. Je m'en débarrassai le lendemain en les lançant sous le pont. Mais ceux qui étaient écrits en italien, je les gardai. Ils racontaient comment s'était passée la guerre de 1915 et l'histoire du fascisme et la marche sur Rome. Il y avait là les socialistes et tout le monde, les paysans, les ouvriers, les métallos, les groupes d'action. Les fascistes les avaient emprisonnés et frappés, ils avaient tué les meilleurs et incendié les maisons du peuple. « Tiens, tiens ! me disais-je, quand je lis le journal, on n'y parle que du peuple italien. » Ceux qui payaient les fascistes, c'étaient toujours les patrons et leurs enfants payaient les hommes de main. Cela faisait rager de lire que tant de gens qui travaillent s'étaient fait rouler par trois ou quatre patrons. « Et Carletto qui veut encore se fier à eux, pensais-je. Et Luciano qui est en prison à cause d'eux. »

Tous les soirs, j'en lisais encore un peu, le cœur battant quand un pas s'arrêtait devant la porte, et je comprenais qu'un livre comme ça, je ne pouvais pas le jeter. « Mais est-ce que Carletto les a lus ? pensais-je. Pas possible. » Il y en avait un autre intitulé *Rome ou Moscou,* et je lus celui-là aussi parce qu'à Rome, j'y étais. Celui-là, c'était un livre pour lequel personne ne pouvait me mettre en prison. Il ne parlait pas de Rome. Il racontait qu'en Russie les gens mouraient en prison, qu'ils vivaient à dix dans une seule pièce, que les femmes faisaient le trottoir et avortaient. « Ici, ils ont fait la marche sur Rome et c'est la même chose », dis-je à Gina. Elle me couvait tout le temps du regard, elle connaissait le danger et attendait que j'aille l'embrasser.

XVI

Puis Luciano sortit sans qu'on lui fasse rien. Carletto, honteux, revint et nous nous retrouvâmes au restaurant ; ils n'avaient pas changé. Luciano dit qu'on ne l'avait pas frappé ; mais il le dit pour ne pas se donner d'importance. Giulianella m'apprit plus tard qu'elle avait vu la mère d'un autre retirer d'un paquet de vêtements une chemise ensanglantée.

« Ils m'ont arrêté pour une confrontation, nous raconta Luciano. C'est une histoire qui remonte au temps où je travaillais à Turin. Je connaissais une belle fille qui faisait le trottoir. Il y a un mois, il me vient à l'idée de lui écrire : " Bons baisers, Luciano. " Ça a suffi. Elle était déjà en prison.

— Ils ne t'ont pas pris à cause de ceux du café ? dis-je.

— C'est ce que je croyais moi aussi. Mais non. Cette fille est communiste. Quand elle m'a vu, elle a ri à la face des policiers. " Celui-là ? a-t-elle dit. Celui-là, il chante au *Nirvana.* " Elle ne savait pas ce que j'étais, voilà comment elle m'a sauvé. Tu sais, on est frais quand on passe pour un rouge.

— Mais tu n'es pas un rouge, au moins ? » lui fit Dorina.

Ils étaient toujours les mêmes. Carletto se taisait. Fabrizio dit qu'il valait mieux qu'on ne se voie pas pendant quelque temps. « Un qui se la coule douce, c'est toi, me dit Giulianella. Tu ne t'en fais pas. Arrêtons, allons danser. »

Nous passâmes la soirée au bord du Tibre à danser tous les deux. Je fis aussi danser Dorina. Carletto était mou — on aurait cru que c'était lui qui sortait de prison. Il restait à côté de son Luciano et lui parlait à voix basse. Il ne riait pas ce soir. « Tu te rappelles ton rêve des chats ? lui dis-je.

— Quel rêve ? »

Il faisait l'homme soucieux. J'étais sur le point de lui demander comment ils avaient passé leur temps à la campagne. Mais je me retins et je lui dis que j'avais jeté les livres dans le Tibre.

« Quels livres ?

— Oh ! assez, idiot. Ça peut arriver à tout le monde d'aller à la campagne. Tu les avais lus, toi, les livres de Dorina ? »

Il les avait lus et nous nous disputâmes jusqu'au jour. Il laissa Dorina dormir seule ; il resta avec moi sur la petite place devant le pont, et il discuta discuta, comme un chat enragé. En Russie aussi, disait-il, ça se passait comme en Italie. « Regarde en Espagne, me dit-il, ce sont les rouges qui font tout pour perdre la guerre. »

Je bondis : « Quand on perd, tout le monde est responsable. Tu y es allé, toi, en Espagne ? Mais en Russie, ils ont gagné, oui ou non ? »

Lui disait qu'en Russie, on était comme en prison. « Il faut bien qu'il y en ait quelques-uns en prison, lui dis-je. Mais c'est déjà quelque chose que ce soient ceux qui travaillent qui commandent.

— Ce ne sont pas ceux qui travaillent qui commandent là-bas. »

Quand nous montâmes — lui pour se coucher, moi pour me raser — je trouvai la Marina au balcon, en combinaison.

« Pour te promener à cette heure-ci, il fallait prendre ta guitare, me dit-elle. Tu aurais mieux fait d'aller entendre une messe. »

Moi, à Rome, ce que j'aimais, c'était la fraîcheur de l'air. J'aurais voulu m'éveiller toujours à cette heure-là. A la cuisine, je trouvai des cerises et, en mangeant sur le balcon, je me rappelais l'hiver passé quand je rentrais aux premières lueurs et que je prenais le café à la gare ou dans les bars. Aussi mal que ça puisse tourner, pensais-je avec plaisir, même en prison il y aura cette heure-ci tous les matins. Est-ce qu'il n'y avait pas un seul communiste dans toute Rome, pour lui parler ? La fille dont parlait Luciano, celle qui était en prison. Celle-là, j'aurais bien voulu la voir et lui parler.

Les jours suivants, je leur demandai à tous s'ils en connaissaient. Je les fis rire ; Carletto se fâchait. Il me disait qu'il est facile de trouver des excuses, mais que la première chose à faire c'est de se débarrasser des fascistes. « Écoute, lui dis-je une autre fois, si les fascistes s'en prennent surtout aux rouges, il doit bien y avoir un motif.

— C'est seulement parce qu'ils se font concurrence. »

Luciano intervint. « Pablo veut dire que, tant que le capitalisme existera, il y aura des fascistes. »

Maintenant, ils venaient me voir à la boutique, surtout Carletto, mais je préférais presque discuter avec Luciano parce que lui comprenait quelquefois que j'avais raison. « Mais alors, disais-je, laisse tomber ceux qui vont au café, mets-toi avec les rouges. — Pas besoin, répondait-il, il y a eux et il y a nous. Ils gagneront à la fin, mais nous les aurons aidés comme ça.

— Si nous sommes encore vivants », ricanait Carletto.

Gina écoutait aussi, sans jamais rien dire. Elle en savait encore moins que moi mais elle nous suivait. « Qu'il est bête et têtu, ce Carletto, lui dis-je un soir. Mais pourquoi ne comprend-il pas qu'il travaille pour vivre, lui aussi ?

— Parce qu'il est bossu », me fait-elle.

Je m'occupais des clients de la boutique et je cherchais à les faire parler. Quand il entrait quelqu'un de bien, je prenais le journal. « Comment va cette guerre d'Espagne ? » disais-je. Mais Solino était le seul à me répondre. Il allait et venait du restaurant à la route, mâchait son mégot, s'arrêtait pour cracher. « Il y aura du travail, une fois la guerre finie, disait-il. Ils démolissent tant de maisons. » Mais les plus jeunes, les gens du pont, écoutaient à peine. Il n'y en avait pas un seul qui regardait le journal. Bon sang, pensais-je, ou je vieillis ou je suis idiot. Autrefois, moi aussi j'étais comme eux et je ne lisais que les sports.

Il y avait des jours où la chaleur était étouffante dans la ville. Il me vint l'envie de revoir la mer. J'essayai quelquefois avec Gina de prendre le tram, mais on y allait le dimanche et la foule était plus dense que le soir sur le Corso. Même quand on était arrivé, il fallait marcher je ne sais combien de temps pour trouver deux mètres de sable libre. Mais c'était bon de voir cette eau sous le soleil. Il y avait des jours où l'eau et l'air faisaient comme un ciel uniforme et, en nageant, on ne s'y retrouvait plus. Gina restait sur le sable et m'attendait. Certaines filles que je voyais entrer dans l'eau me plaisaient. Savoir s'il y en a qui vont au large et qui se déshabillent, pensais-je en les voyant.

Puis le soir de ces jours de mer, on revenait en ville et je restais dîner et danser avec les autres. Ils étaient à nouveau tous au restaurant. Gina y venait aussi. Ces soirs-là, en buvant et en dansant, tout l'hiver me revenait à l'esprit, et le *Paradiso* et les camions. Je pensais qu'il n'y avait rien de nouveau, qu'au lieu de Gina il y avait quelqu'un d'autre qui allait par les rues de Rome avec moi, que nous riions et que nous marchions ensemble, que nous buvions du vin. J'étais certain qu'un jour je la reverrais ; qu'il arriverait quelque chose. Puis je me souvenais d'Amelio et j'en souffrais.

J'aimais bien l'atelier sur la Via Aurelia. On traversait des prairies vallonnées, on sortait de Rome. Ils vulcanisaient les pneus à bon prix et on avait intérêt à faire le déplacement. Il y avait des ouvriers du *Trionfale* qui y travaillaient ; j'en trouvais quatre ou cinq à l'heure creuse, là devant, tandis qu'ils jouaient aux boules. Je m'arrêtais pour bavarder. Eux, ils comprenaient à demi-mot. « Si le moment arrive, nous sommes prêts », disaient-ils. A peu de chose près, ils avaient tous quarante ans. Ils se rappelaient le temps de la guerre et des grèves. « Nous étions jeunes, disaient-ils, à cet âge-là, on n'a pas compris ce qui se passait. Mais, la prochaine fois, les ouvriers ne s'y laisseront pas prendre. » Il y avait un jeune, Giuseppe, on avait fracassé le crâne de son père. Il savait, lui, pourquoi les fascistes avaient gagné. « Ils nous appelaient des rouges, mais nous n'en étions pas. Nous nous serions défendus. Nous leur aurions rendu la monnaie de leur pièce. Là où il y a des rouges pour de bon, ça ne finit pas tout à fait de la même façon. » Quand je lui demandai s'il y en avait maintenant à Rome, il me répondit : « Peut-être. Nous, on attend à tout hasard. »

Un après-midi, il me conduisit chez son vieux. Il vivait dans un trou, au cinquième étage d'une maison qui n'en finissait pas. Je ne sais pas pourquoi, tandis que je montais, j'avais l'impression d'être déjà passé une fois par cet escalier. On entendait des enfants crier de tous les côtés, et on sentait cette odeur de saleté, d'épices et de chaleur qu'on sent aussi à la mer. Giuseppe dit : « Il y a un ami qui veut te voir, papa. » Le vieux était assis dans la cuisine et mangeait du pain. Il mâchait et regardait, dans une mauvaise lumière, voûté sur la table.

Il ne bougea pas ; Giuseppe me dit : « On s'assied ? »

C'est moi qui dus ouvrir le feu et m'expliquer. Ni Giuseppe ni le vieux ne parlèrent les premiers. Ils sortirent trois verres ; ils m'écoutaient. Moi non plus je n'étais pas très clair dans mes propos. Je dis au vieux que je connaissais ses idées et que je voulais qu'il m'explique quelque chose. J'étais nouveau à Rome, disais-je. Lui m'écoutait et me regardait. Il avait des yeux immobiles et gris comme de l'eau.

« Qui est-ce que tu connais ? me demanda-t-il.

— On en reparlera après », lui répondis-je, et je continuai.

J'aurais aimé, disais-je, savoir ce qui s'était passé en 1920. Pourquoi les dirigeants ne s'en étaient pas mieux tirés. Pourquoi les rouges d'alors n'étaient pas des rouges. S'ils étaient tous allés faire la guerre en Espagne maintenant et si là-bas aussi, ça finirait comme en Italie.

« Il ne t'a rien dit, Giuseppe ? me demanda-t-il.

— On a parlé, répondis-je, mais pas beaucoup.

— Qu'est-ce que tu veux que je te dise ? me fit-il. Tu vois bien la vie qu'ils nous font mener. A Turin, avec les autres, tu ne parlais pas de ce qui se passe ?

— A Turin ? Je savais à peine danser.

— Mais au travail. Tu n'allais pas en usine ? »

Je lui expliquai le bureau de tabac et le temps perdu. Lui me regardait de ses yeux gris fermés. Je dis alors : « Vous voulez me faire confiance ?

— Qui est-ce qui n'a pas confiance, fiston ? dit-il. Je veux seulement savoir ce qui te prend. Qui est-ce que tu connais ici à Rome ? »

Alors je lui dis où j'habitais et qui je fréquentais.
« Et avec eux, tu ne parles pas des années 20-21 ?
— Ce sont des gens qui ne comprennent pas grand-chose. Mais j'ai lu un peu. » Et je lui dis que j'avais regardé les livres.

Il ne me demanda pas à qui ils étaient et il parla des fascistes. Il dit qu'avant c'étaient des gens commandés et décidés, qui savaient ce qu'ils voulaient : faire fortune. « Mais la guerre qu'on nous fait maintenant est différente. Les hommes de main sont tous à la retraite. Ça ne sert plus à rien de faire le coup de poing. On a la police et les fonctionnaires sur le dos. Tout au plus ce sont eux qui nous frappent. »

Quand il me demanda si j'étais prêt, je ne sus pas lui donner de réponse. Mais il avait ceci de particulier qu'il coupait mes réponses plus souvent qu'il ne les écoutait. Quelquefois je disais un mot ; lui parlait déjà d'autre chose.

A la fin, il me dit de me tenir tranquille, de rester dans ma boutique et de voir Giuseppe. Dans la pièce, il faisait nuit.

En sortant dans la rue, je n'étais pas tellement satisfait. Je me rendais compte que j'avais parlé comme un idiot, que je m'étais conduit comme un enfant, que ce vieux et Giuseppe n'étaient pas du milieu de Carletto. Je n'avais pas réussi à savoir ce que je voulais. Il pouvait encore se faire qu'ils m'aient pris pour un mouchard. Mais je m'apercevais, que pour eux, j'étais seulement un bavard. « Pourquoi ceci, pourquoi cela. Vous voulez me faire confiance. Pourquoi les dirigeants ne s'en sont pas mieux tirés. » Rien que d'y penser, ça me coupait le souffle. J'errai dans Rome en y repensant et en cherchant à comprendre. Pourtant il me semblait que j'avais été sincère. Plus franc et plus sincère qu'eux, même. Je leur aurais même parlé de Gina, s'ils avaient voulu. Puis je pensais que je pourrais revoir Giuseppe et que maintenant ce n'était plus la même chose avec lui non plus. J'y pensai encore et j'allai à la maison.

Je ne retournai pas aussitôt à l'atelier. J'attendis qu'une occasion se présente. Le jour je travaillais et, le soir, je lisais. Avec Luciano et Carletto c'étaient toujours les mêmes discussions, mais surtout avec Luciano j'avais des choses à apprendre. Lui savait en détail comment s'était passée la guerre d'Espagne, et plus il en disait, plus je comprenais que j'étais du même côté que les rouges.

Je retournai voir Giuseppe avec des chambres à air en bandoulière. Je passai devant la maison du vieux. Je levai la tête vers le cinquième étage tout en pédalant et je pensais qu'à Rome, des maisons comme ça, il y en avait des tas. Il suffisait d'un rouge dans chaque immeuble, c'était déjà beaucoup. Et puis il y avait ceux qui étaient en prison. Combien en tout ?

Giuseppe vint avec moi au bistrot boire un pot. On discuta de l'Espagne et du reste. Je lui parlai de la tournée et je lui demandai ce qu'il en pensait. « Comment sont-ils ? » Des gens comme ça, lui racontai-je, qui ne savent pas aller jusqu'au bout. Giuseppe m'expliqua alors que tout sert, même les bourgeois. « Ne regarde pas leurs mains, me dit-il.

Ce qui compte, ce n'est pas ce qu'ils veulent, mais ce qu'ils font. » Je lui expliquai que je ne comprenais pas un pauvre type comme nous qui se mettait du côté des patrons. « C'est pour ça qu'on fait de la propagande », me dit-il.

Cette fois, il me prêta des papiers interdits et un petit livre qui ressemblait au catéchisme. Le lendemain, alors que je discutais avec Luciano, celui-ci me dit : « Qui est-ce qui t'apprend tout ce que tu sais ? Depuis quand est-ce que tu lis les journaux ? » J'avais lu ces textes dans la nuit et j'en tirais déjà profit. Je compris ce jour-là que la presse ne servait pas seulement à menacer mais aussi à convaincre. Avant, je ne m'en étais jamais douté.

Après dîner, j'essayai avec Gina dans la chambre. Elle allait et venait en salopette et elle m'écouta en faisant la vaisselle. Je lui lus tout le catéchisme. Elle me laissa finir, puis elle vint au lit et s'allongea.

« Ces choses-là, me dit-elle, ils les feront ou bien ils en parlent seulement ?

— Il y a des endroits où ils les ont déjà faites. Maintenant c'est à notre tour. »

Elle fumait en regardant le plafond. « Comme c'est difficile, Pablo. Ça fait peur. Et si on te prend ?

— Touchons du bois, lui dis-je en riant.

— Pour que tout le monde vive mieux, dit-elle, vous commencez par vivre plus mal, vous autres. Reste ici, me dit-elle brusquement et elle m'embrassa, ne t'en va pas encore. »

Chaque fois que je lisais ou que je parlais, elle réussissait à m'emmener au lit. Elle l'avait compris depuis longtemps et savait en jouer. Cette fois encore je la laissai faire et je restai.

Je fis bien parce qu'au milieu de la soirée on vint frapper à la porte. C'était Giuseppe qui venait continuer notre discussion.

XVII

L'été ne finit jamais à Rome. Les nuits restaient toujours très courtes. Nous allâmes avec Giuseppe faire un tour dans les environs, il me conduisit à un village, Sant'Oreste, où il y avait la fête et ils parlèrent à quatre, sous les oliviers de la route. Moi, assis à un tournant, je surveillais les allées et venues pour voir si le brigadier quittait la place. Un autre jour il m'envoya dans la Via Salaria porter un paquet à un soldat dans un bistrot. Ce soldat sortit de l'arrière-boutique sans vareuse ; il semblait chez lui là-dedans ; il s'assit à ma table, le visage satisfait, et me demanda si je n'avais rien d'autre à faire. Puis il commença à parler bas et à me poser des questions — si j'aimais faire ce genre de travail, si je voyais des gens, si je connaissais Un tel et Un tel. Je laissai faire. Je ne lui fis pas voir que je l'avais compris ; seulement, je ne dis rien de plus. Nous nous quittâmes satisfaits.

Je me rappelle que, depuis quelques jours, je ne voyais plus Carletto. A la plage, Gina avait pris un coup de soleil et ne pouvait pas marcher ; le soir,

Luciano et Giulianella venaient la voir. Un matin, Carletto arrive en trombe dans la boutique, me raconte qu'il a vu quelqu'un et me demande si je viens dans le centre. Il dit qu'il allait peut-être réussir à retourner au *Varietà*. En chemin, nous parlâmes de l'époque où nous étions à Turin : lui s'agitait, avec sa bosse, et j'avais l'impression de le voir au *Paradiso*. Il me demanda soudain si je jouais de la guitare la nuit et si je n'avais plus pensé à en vivre.

« Mais qu'est-ce qui se passe? lui demandai-je.

— Il y a quelqu'un qui veut te voir. » Nous étions sur le Corso. Il monta les marches du *Plaza* et me dit : « Tu n'entres pas ? »

Tandis que j'attendais dans le salon, je ne savais que penser. Une chance que j'avais une veste correcte. Ce sont surtout les garçons de café qui m'intimident toujours.

Puis je la vis, en vêtements d'été — assise dans un fauteuil ; elle me regardait. Je la reconnus plus à sa façon de ne pas bouger qu'à son visage ou à ses jambes. Elle m'appela de la main.

Je pensais : « Je ne peux pas me sauver parce que j'attends Carletto. » Il me fallut une seconde pour comprendre que c'était Linda qui avait envoyé Carletto, que ce retour de Turin, c'était elle et rien qu'elle. Quand je le sus, j'étais déjà allé à son fauteuil et je lui parlais.

Elle m'accueillit avec joie et elle voulait tout savoir. C'est elle qui avait l'air vexé, elle plaisantait et elle riait. « Ce maudit Carletto, il a mis les voiles. » Je le lui dis et elle rit aussitôt, puis elle fit sa moue habituelle : « C'est tout le plaisir que tu as à me voir ? Alors va-t'en. »

« Tu veux que nous sortions ? » me dit-elle.

Alors nous allâmes par les rues et je me heurtais aux passants. Au bout de quelque temps, nous nous trouvâmes au bord du Tibre, appuyés contre le parapet.

« Qu'est-ce que tu veux me dire ? lui demandai-je.

— Rien, me dit-elle, si tu le prends comme ça. Ça me fait plaisir de te revoir, c'est tout, et de savoir si tu es satisfait de la vie que tu mènes.

— Et toi, comment ça se fait que tu sois à Rome ? »

Elle était toute bronzée et, vêtue légèrement, elle ne me semblait plus la même. « Tu es allée à la mer ? demandai-je encore.

— Toi aussi, tu es plus bronzé », me dit-elle. Puis elle raconta que c'est toujours risqué d'aller à la mer, on est entre les mains des gens, on tombe sur n'importe qui, on ne peut jamais être seuls. « J'ai passé six jours, me dit-elle, où j'étais vraiment heureuse. Personne avec moi. Je pensais : " Si Pablo était ici ! " J'étais seule du matin au soir. Tu y vas, toi ?

— Une demi-journée le dimanche et je m'embête.

— Tu es toujours le même, dit-elle. Mais il y a des choses que tu ne me dis pas. Tu aimes Rome ? Qu'est-ce que tu fais ? Tu gagnes de l'argent ?

« Carletto m'a un peu parlé, reprit-elle. Mais Carletto n'est pas comme vous. Il ne comprend pas.

Je voudrais savoir si tu veux toujours gagner de l'argent.

« Tu as trouvé une fille qui te plaît ? Carletto m'a dit que oui. Tu vas l'épouser ? »

Je lui racontai que j'étais heureux parce que je ne me souciais de rien ni de personne. « Le travail que je fais me plaît, et j'ai compris que le moyen de gagner de l'argent, c'est de penser à tout autre chose. J'ai toujours l'impression d'être entré ici à Rome avant-hier. Ici, c'est fête même les jours de travail.

— Écoute, me fit-elle, tu as beaucoup de choses à me dire. Où manges-tu ? où habites-tu ? On dîne ensemble ?

— Ce soir, je ne peux pas, répondis-je, et dans la journée je travaille. »

Nous allâmes cependant ensemble manger dans une gargote. Elle dit : « On m'attend. Il faut que je prévienne. » Il n'y avait pas de téléphone. « Qui est-ce qui t'attend ? » lui demandai-je. Elle s'arrêta à la porte pour me regarder et elle sourit. « Qu'ils s'en aillent donc, dit-elle, je veux rester avec toi. »

Elle s'assit ; elle me parlait comme si nous avions été amis. Moi, pour la voir manger, j'aurais tout donné. Elle se souvint de ma guitare et me demanda ce que j'en faisais. « Rome est faite pour toi, je le sais bien. Ici, tout le monde aime les joueurs de guitare.

— Tu ne m'a jamais dit que tu avais été à Rome. »

Elle souriait et me regardait. Elle me parla de

l'atelier et de bien d'autres choses. « Tu as eu tort, me disait-elle, de partir comme ça, sans me le dire.

— Tiens, tiens ! » fis-je alors.

Elle aspira une bouffée de sa cigarette et prit ma main sur la table. « Ne t'y trompe pas, dit-elle, je sais tout ce que tu as enduré, et je le regrette. »

Quand je fus seul et qu'elle eut disparu le long du Corso, Rome tout entière avait changé. Nous nous verrions à cinq heures, pour dîner. Elle m'avait dit qu'elle voulait m'accompagner dans les endroits qui m'étaient familiers, vivre à côté de moi, ne serait-ce que cette soirée. « Je veux encore danser avec toi, avait-elle dit. Je veux encore te parler. »

En trois heures, je devais rentrer, faire ma toilette, passer à la boutique, tout faire. « Qu'est-ce qu'il y a ? » me cria la Marina en me voyant entrer. Puis, à la boutique, je trouvai Gina debout ; elle me dit que Giuseppe avait laissé une commission pour moi. Il était venu peu de temps auparavant et n'avait rien dit, mais je savais que, lorsqu'il venait, il m'attendait tard le soir. J'envoyai Pippo lui porter un pneu et lui dire que j'avais à faire. Gina s'aperçut qu'il y avait quelque chose dans l'air. J'aurais dû passer d'abord à la boutique, puis à la maison. « Je suis allé me changer parce que je dois voir quelqu'un, lui dis-je. Je ne rentrerai pas ce soir. »

Finalement, dans le soleil encore tiède, nous nous retrouvâmes sur le Corso. Linda avait sa robe de tout à l'heure, les jambes nues et un bracelet d'or au poignet. On avait l'impression d'être au bord de la mer. Je courais, je riais, je me comportais comme quand on se dit : « Aujourd'hui, ça ne compte pas, on verra demain. » J'en avais tellement vu des filles dans les rues, qui me faisaient penser tout à coup : « C'est Linda », que, pour un jour, je ne devais pas avoir peur de me laisser reprendre.

« Où m'emmènes-tu ? » demanda-t-elle.

Nous allâmes, flânant par les rues. Nous tenions les mêmes propos qu'avant. Elle dit qu'elle ne comprenait pas encore ce qui s'était passé ce jour-là à l'atelier. Elle en voulait seulement à Carletto, cette langue de vipère. « Ce qu'il y a, c'est que tu ne voulais rien savoir, me dit-elle. Tu ne peux pas comprendre qu'une femme ait une vie comme les autres. Tu es fait comme ça. »

Sur le moment, il me sembla que mon cœur battait à nouveau et je fus sur le point de la croire et de lui dire : « Tu te trompes. » Si toutes ces nuits-là et toutes ces rages avaient été pour rien, vraiment je devais me jeter dans le Pô. Mais mon cœur ne se remit pas à battre — j'y avais pensé trop souvent. Cela n'avait pas d'importance pour moi que Lubrani soit à Rome avec elle. Cela n'avait pas d'importance que Gina m'attende à la baraque. La seule chose qui avait de l'importance, c'est qu'elle était près de moi, que je la prenais par le bras, que je la tutoyais. Ce qui avait de l'importance, c'est qu'elle était une autre fille et qu'elle le savait elle aussi.

« Pour moi, lui dis-je, ce soir, c'est autre chose. Nous nous sommes connus aujourd'hui seulement ; c'est quelque Amelio qui t'envoie et tu te promènes avec moi. »

Alors Linda poussa un cri et s'arrêta.

« Je ne t'ai pas raconté ! Dire que j'y ai pensé

pendant tout le voyage. Tu sais ce qu'il est devenu, Amelio ? » Elle me parla à l'oreille. « C'était un rouge, un communiste, et il s'est fait prendre. On l'a emmené en prison sur une civière. »

Je haussai les épaules et je fis comme si je n'y croyais pas. « C'est justement à toi qu'on l'a dit. Qui te prouve qu'il était avec les rouges ? » Mais, cette fois, j'avais les mains qui tremblaient. « Comment est-ce possible ? Il ne pouvait pas bouger de son lit.

— Est-ce qu'il en avait besoin ? me répondit-elle. Il militait déjà avant. Tu ne te rappelles pas les journaux qu'il lisait ? On a trouvé le matériel dans sa chambre. »

Nous tournâmes dans une rue semi-déserte. Tout le ciel était rouge, c'était beau ; il y avait déjà quelques vitrines éclairées, je revois cette rue comme si j'y étais encore. Linda avait dans les yeux le reflet du ciel ; elle parlait d'un ton brusque et elle semblait rire.

« Linda, je ne suis plus le même, dis-je à voix forte. Je finirai par en tuer un. »

Elle répondit à voix basse : « Ça me fait de la peine. Que veux-tu y faire ? »

Elle n'avait pas compris. C'était aussi bien. Elle me raconta que dans les premiers temps, elle avait donné un coup de main à Amelio, quand ils allaient ensemble à Verceil ou à Novare. La nuit où il s'était cassé les reins, c'est elle qui avait enlevé les papiers de sa poche. Puis, en les lisant, elle avait compris que le danger était grand. Ces papiers disaient clairement qu'il fallait être prêt, que le moment viendrait.

« C'est pour ça que tu l'as plaqué ? »

Elle répondit en rougissant, du moins j'en eus l'impression, dans l'air du soir.

« Et maintenant, il est en taule, sur un lit, comme un mort ?

— Ils finiront par l'amener à Rome, me dit-elle. Ils l'ont pris fin mai. »

Jusqu'au dîner, nous parlâmes d'Amelio. Il vint un moment où elle me dit : « Maintenant, ça suffit. S'il en sort vivant, demande-lui comment ça s'est passé. » Elle cherchait à rire.

Pour ne pas y penser, nous bûmes du vin. « On ne va pas au *Paradiso* ? » dit Linda. Une heure plus tôt, j'aurais apprécié cette plaisanterie, mais maintenant, c'était comme si on avait parlé de l'hiver et du temps où j'étais quelqu'un d'autre. « Bois encore, lui dis-je, je n'ai pas envie de musique. »

Un chanteur et un guitariste entrèrent et nous agacèrent. Linda me demandait en riant si je ne m'étais pas encore mis à ce métier de Romain. Nous partîmes danser au bord du Tibre. Ce fut comme toujours. Elle me parlait à l'oreille et s'appuyait sur moi de tout son corps. Il vint un moment où je dis : « Allons chez toi.

— Je n'ai pas de chez moi, me dit-elle en me regardant. Je ne vis pas seule. »

Moi, je pensais à Giuseppe qui m'avait appelé. Je pensais à Turin et à ma grande douleur. Je pensais à toutes mes angoisses et à mes réactions d'orgueil, et je n'arrivais pas à me révolter. Si Amelio était ici maintenant, que dirait-il ? me demandais-je. S'il savait que je suis du même bord que lui.

Ça ne me faisait plus peur de lui avoir pris Linda justement. Ce soir-là, je savais que les femmes ne comptent pas. Je me demandais, tout au plus, si cela en valait la peine. Si je ne devais pas courir tout de suite militer avec les autres. Amelio, me disais-je, nous attend en prison.

Je dansai encore une fois avec Linda. Elle me dit : « Le *Mascherino*. Tu te rappelles le soir où nous jouions à prévoir l'avenir ?

— On ne connaît pas l'avenir. On peut seulement dire, d'après ce qu'on a fait, ce qu'on fera.

— Ça, c'est vrai. On fait toujours ce qu'on a fait.

— Mais ce n'est pas toujours qu'on sait ce qu'on a fait. On apprend toujours quelque chose de nouveau. »

Alors Linda s'arrêta et me dit : « Allons-nous-en. »

Nous marchions sur ces pavés qui ressemblent à un carrelage. Linda disait : « Comme c'est beau, Rome. »

Je proposai : « Tu veux que nous allions dans un bois ? »

Elle se mit à rire et me dit : « Tu connais toutes les astuces. »

Je m'arrêtai, je l'embrassai ; elle me prit les mains : « A Turin, tu faisais plus d'histoires », me dit-elle.

Nous montâmes l'escalier de la Trinité-des-Monts ; il n'y avait personne. Sous les arbres, nous nous embrassâmes longuement.

« Comme c'est beau », me dit-elle.

Je sentais l'odeur des arbres et la sienne.

« Tu es déjà venu avec des femmes ici ? »

Alors je lui dis que j'avais pensé y venir avec elle.

« Si seulement tu n'avais pas décidé de ne pas te marier, lui dis-je, ce serait bon de t'avoir ici à Rome avec moi. »

Elle me serra les mains et me parla de la Blonde. « A croire Carletto, c'est une imbécile. Elle te suit comme un petit chien. Moi je crois, au contraire, que tu l'as rendue amoureuse. Tu lui as parlé de moi ?

— C'est autre chose, dis-je alors, et tu es ici. »

Nous nous embrassâmes à nouveau. Elle dit : « Allons au *Plaza.* »

XVIII

Peu avant le jour, elle me dit de m'en aller. « Tu sais ce que c'est, je te connais. Tu ne pourrais pas comprendre. » Ça, je le savais depuis la veille, mais je me sentais mou.

« Il pourrait comprendre, lui ? » demandai-je en la regardant dans le blanc des yeux.

Elle se retourna, ne dit rien ; elle s'étirait en soupirant.

« Laisse-moi faire un long somme. Cette nuit, je serai dans le train. »

Je me rhabillai debout sur le tapis, et, par les persiennes, je respirais l'air frais.

« Rome est belle à cette heure-ci, lui dis-je. A Turin, quand je partais avant le jour, j'étais heureux.

— Tu es méchant.

— Je n'étais qu'un gosse. Si on m'avait nommé celui qui prendrait ma place... Linda, pourquoi es-tu revenue ?

— Ça te fait de la peine ?

— Ça me fait de la peine pour toi. »

Alors elle sauta du lit et m'embrassa. Elle ne voulait pas que je m'en aille en pensant du mal d'elle. Elle ne voulait pas que j'aille boire du vin. Elle était étonnée que je ne veuille rien comprendre.

« Écoute bien, lui dis-je. Cette nuit, ça s'est passé comme ça s'est passé. Je sais ce que tu vaux et ce que tu coûtes. Tu es toujours la même, mais moi non. »

Son bracelet appuyait sur ma nuque. Je me dégageai.

« Combien te coûte cette chambre ? » lui demandai-je.

Ce fut ma dernière sottise. Elle rit. Elle s'était assise sur le lit et me regardait.

« Tu ne veux pas comprendre ou tu ne comprends pas ? » marmonna-t-elle.

J'ouvris les volets en grand — en se penchant on voyait le ciel déjà clair.

« Fumons la dernière cigarette en bons amis », me dit-elle.

Nous nous mîmes à fumer en regardant la fenêtre.

« Tu es sûre qu'ils l'amèneront à Rome, Amelio ?

— Tu y penses encore ? Si j'avais su, je n'aurais rien dit.

— Ils le conduiront rue de la Lungara, dis-je. C'est ça notre *Plaza.* Quand pars-tu ?

— Ce soir à neuf heures. A Turin je serai seule. »

Elle parlait en s'appuyant à mon épaule et frissonnait dans la fraîcheur. Elle prit la voix de quelqu'un qui pleure ; elle me regardait :

« Si tu viens à Turin, me dit-elle, tu viendras me chercher ? »

Je jetai mon mégot et je me dégageai. « Ça servirait à quoi ? »

Elle me regarda d'un air renfrogné. « Tu ne m'as jamais aimée », dit-elle doucement.

Quand je fus dans la salle en bas, j'y réfléchis. Je ne m'étais même pas retourné dans l'escalier. Deux garçons en grand tablier bouleversaient tapis et banquettes. Les fenêtres étaient ouvertes et tout était allumé, mais la lumière de l'extérieur faisait pâlir la fausse.

J'imaginais Lubrani étendu en train de dormir. Je le vis en caleçon, enlaçant Linda. Ce que je laissais dans ces salles était une idée, une bêtise. Mieux valait la route libre, les gens qui marchaient.

Place Flaminio, je m'arrêtai prendre un café. Pauvre Linda ; avec elle aussi, le seul moyen c'était de la laisser tomber. Maintenant, c'était elle qui parlait dans le vide. Je pensais au plaisir méchant que j'aurais éprouvé autrefois si je l'avais su. Mais qu'est-ce que c'était que tout cela après Amelio ? Linda l'avait peut-être compris.

Je sautai dans un tram de la ligne de ceinture et je passai chez Giuseppe. Pour ne pas me faire remarquer, j'attendis sous les arbres de l'avenue. Je pensais même qu'ils avaient peut-être pris quelqu'un. Cela me fit du bien d'aller à sa rencontre quand il sortit.

Ce qui se passait, c'est que je devais courir tout de suite à la boutique. Il était arrivé quelqu'un de l'étranger et il fallait l'héberger. J'étais le seul à disposer de deux lits, et je devais rendre ce service.

C'est ainsi que je connus Gino Scarpa qui revenait

d'Espagne. Il ne s'appelait pas comme ça, mais personne ne savait son vrai nom. Je le trouvai déjà assis dans la boutique, en train de plaisanter avec Pippo.

« Je suis Pablo », lui dis-je.

Il était maigre et brûlé par le soleil, il avait les yeux rieurs. Il dit tout de suite : « J'ai sommeil, mettez-moi au lit. »

J'envoyai Pippo faire des achats et nous parlâmes avec Gina. Il valait peut-être mieux que je le conduise à mon logement. « Ici, les clients vont et viennent et puis il y a le gosse.

— C'est mieux ici, dit Gino. Il y a ça de bon qu'on peut sortir par le jardin. »

Quand Pippo revint, il dormait déjà depuis un bon bout de temps. Il s'était jeté sur le lit de Gina. Je passai toute la matinée sur la route, à travailler. Gina avait tiré le rideau et cuisinait. De temps en temps, par le trou, elle nous regardait, Pippo et moi. A un certain moment, le gosse renversa une bicyclette ; elle tomba sur le seau et fit un vacarme de tous les diables. Je lui dis : « C'est ça. Casse tout. » Il me regarda sans parler et releva la bicyclette.

Finalement je l'envoyai manger et je fis un tour jusqu'à la place pour acheter le journal. Il y avait eu une fête fasciste au Stade, et Rome était pleine de chemises noires et de Jeunesses fascistes. Dans le journal, il n'y avait que des discours. Quant à l'Espagne, ils en parlaient à peine. « Ça va bien », pensai-je.

Sur le seuil, je trouvai Scarpa avec la salopette du Blond. Il mangeait une pomme. « Comment ça se fait que tu t'appelles Pablo ? me dit-il. Tu es allé là-bas ?

— Penses-tu. Je jouais de la guitare. »

Il me demanda alors si je connaissais Un tel et Un tel à Turin.

« J'étais jeune, répondis-je. Je ne lisais pas les journaux. »

Gina nous annonça que le repas était prêt. Elle avait mis une nappe toute blanche et elle avait coupé des tranches de pain.

Je la regardai en riant à demi. « Il te ressemble avec ta salopette. » Depuis la veille, je n'avais plus pensé à elle à côté de Linda et je ne l'avais même pas regardée sérieusement en face. Maintenant, avec Scarpa, tout était changé : j'avais un motif pour cette nuit, je pouvais la regarder. Elle avait un air à la fois renfermé et mécontent. Elle ne souriait pas et elle ne se mit pas à table.

« Vous avez fait connaissance, dis-je à Scarpa, tu lui as pris son pantalon et tu t'appelles Gino toi aussi.

— C'est un uniforme qui me plaît. C'est le vrai, mais avec ça personne ne te reconnaît. »

Puis il parla de l'Espagne comme si c'était le Transtévère. « J'avais quatre Piémontais dans mon détachement. Quels types ! Ils étaient venus de Dijon à leurs risques et périls. S'ils ne sont pas morts à l'heure qu'il est, ils sont enfermés dans Madrid.

« Qu'est-ce qu'on dit ici à Rome ? me demanda-t-il brusquement.

— On se moque pas mal de l'Espagne... »

Il mâchait et regardait son assiette. Il me laissa

parler — Gina aussi écoutait —, puis il secoua la tête. « Cette guerre nous coûte trop cher, dit-il ensuite. Pendant que les fascistes envoient de la chair à canon, nous, on perd des cadres pour rien. Ce sont eux qui attaquent. Ce sont eux qui ont choisi le moment et le terrain.

— Ici on dit que c'est la faute des Russes. »

Quelqu'un appela de la boutique, et Gina y alla. « Ce n'est rien », nous dit-elle derrière le rideau.

A voix basse, je demandai à Scarpa s'il savait ce qui se passait à Turin. Je donnai le nom d'Amelio et je dis qu'il était cloué au lit. Il ne savait pas. A cette époque-là, il était en Espagne. « Il y avait nos mutilés, me répondit-il, ceux qui étaient tombés aux mains de l'ennemi. J'en ai vu avec les yeux arrachés. »

Gina rentra et Giuseppe avec elle ; il nous dit : « Salut » et resta à nous regarder. Au bout d'un moment, Scarpa cessa de parler.

« Cette nuit », lui fit Giuseppe tranquillement.

Puis Gina nous servit le café. « Pour ton ami, me dit Scarpa, tu n'as pas demandé aux camarades d'ici ? »

Nous parlâmes de Turin. Est-ce qu'il s'était passé quelque chose ?

« Il est certain qu'il y en a eu de pris, disait Giuseppe. Il n'y a personne qui parle de nous dans les journaux.

— On voit un nom de temps en temps.

— Quand ils mettent le nom, c'est quelqu'un qui ne mord pas, c'est bien connu, fit Scarpa, les yeux rieurs. C'est seulement si personne n'en parle qu'il est des nôtres. »

Ce visage brûlé était vraiment espagnol, et il n'avait vécu là-bas que pendant les mois de la guerre. Je remarquai que les yeux de Gina ressemblaient aux siens. Gina était renfermée, mais la chaleur était la même.

Ni Giuseppe ni Scarpa ne semblaient s'apercevoir qu'elle nous entendait. A un moment donné, on appela à nouveau, et Gina retourna dans la boutique. Nous parlions comme avant. J'étais le seul des trois qui pensait à la salopette.

« Cette nuit, me dit Giuseppe, on voulait se réunir chez toi. Mais, pour certains camarades, c'est trop loin. » Il m'expliqua où Scarpa devait se trouver et me recommanda de faire attention. Il fallait que je monte la garde. « Prends ta guitare si tu veux, c'est toujours bon. »

Puis il se leva pour s'en aller. Après qu'ils furent passés de l'autre côté du rideau, je passai à mon tour. Et, dans la boutique, je vois Linda qui attendait.

Linda et Gina se regardaient, attendant quelque chose. Linda était assise sur une caisse et ne se leva pas ; elle me dit : « Salut. » Puis elle me fit un sourire malin et attendit que je parle.

« Je vous dérange ? me demanda-t-elle à la fin.

— Tu ne pars pas ce soir ?

— Ne te fâche pas. J'ai voulu voir l'établissement. »

Giuseppe me dit : « On est d'accord » et s'en alla. Je sentis que Scarpa me regardait d'un air amusé.

Gina était toujours en face de Linda et ne soufflait mot.

« Il a fallu que Carletto m'indique le chemin. Je regrettais de ne pas pouvoir te saluer. Ici, on travaille jour et nuit, à ce que je vois. »

Elle se leva et nous dit : « Pablo est toujours le même. Il veut que je salue les Turinois de sa part, mais il ne le dit pas. Je suis idiote de le faire. Il n'a besoin de personne, mais tout le monde lui est utile. »

Elle dit la dernière phrase avec la voix de quelqu'un d'autre. Scarpa me dit : « Tu es occupé. Nous, on s'en va. » Mais c'est à ce moment-là que Linda se mit à crier et à rire ; elle n'était plus la même. « Il n'y a pas de secrets avec Pablo, on le sait. C'est un sale gosse qui a besoin de sa maman. Ici, nous sommes au moins trois à le savoir. Il faut le priver de dessert quand il a fait des caprices. Pas de dessert, madame.

— C'est ça que tu avais à me dire ? » lui demandai-je méchamment. Elle avait raison. Je jetai un coup d'œil sur Gina, pour voir si elle riait elle aussi. Mais je la vis renfermée sur elle-même, abasourdie et furieuse. Cela suffit pour me calmer. Je dis à Scarpa : « Laisse-moi lui parler un moment. »

Linda me dit : « Pas la peine. Je m'en vais. » Puis en riant : « Je voulais seulement savoir ce que tu es. »

Elle s'arrêta à la porte ; elle nous regarda tous.

« Mais tu aurais quand même pu mieux traiter une amie. On a l'impression d'entrer dans un bistrot, dans cette maison. »

Je sentis que Gina réfléchissait ; elle dit : « Pourquoi ? Ce que vous aviez à lui dire, vous le lui avez dit cette nuit. »

Linda dit : « Si tout le monde le permet, je voudrais te parler.

— Pas besoin, tu peux parler devant tout le monde. »

Alors Linda secoua la tête et me regarda. Elle leva la main et bondit dehors, elle était partie. La dernière chose que j'avais vue, c'était son bracelet.

Scarpa n'était plus là, il était retourné dans sa chambre. Gina, appuyée au comptoir, ne parlait pas. Elle ne me regarda pas. Elle regarda la porte et la rue, sans changer d'expression.

« Je regrette pour les autres », dis-je d'un ton brusque.

Gina dit : « Si elle revient, je la tue. »

Tous les deux, nous fixions la porte. « Tu es au courant, expliquai-je. Il n'y a rien de nouveau. Il y a seulement que tu vaux mieux qu'elle.

— Si elle revient, je la tue. »

Je ne la touchai pas, je ne lui parlai pas pour la consoler.

« Il y a du travail, dis-je. Tout ça, c'est fini. »

L'après-midi, Scarpa m'invita au bistrot. « Traversons la rue, disait-il. Il vaut mieux se faire voir que se cacher. »

Nous nous assîmes dans un coin sous les myrtes. Nous envoyâmes Pippo nous acheter un cigare toscan et nous commandâmes un peu de vin. « Avec cette histoire, disait-il, on vit renfermé, et puis on voyage et on court, jamais je ne peux étendre mes jambes et m'offrir un peu de congé. »

Il me raconta qu'il avait un désir : se mettre aux travaux des champs, élever des porcs, ne plus bouger. « Le malheur, c'est que, quand je m'arrête, il y a toujours la guerre. Ou celle des autres ou la nôtre, il y en a toujours une. Autrefois, j'avais une maison. C'est du passé.

« Toi, tu en as trop, de maisons, reprit-il. Méfie-toi, j'en ai vu qui en ont bavé.

— C'est qu'une histoire ne finit jamais à temps, lui répondis-je. Cette fois, je croyais l'avoir réglée. »

Scarpa riait des yeux. « Tu ne le sais pas qu'une histoire revient au moins deux fois ? D'abord pour de bon, puis comme une farce. C'est comme un mort, un noyé, qui remonte à la surface. »

J'avais plus envie de boire que de rire. Heureusement que Scarpa était bavard pour deux. Ce que Linda m'avait crié — que, pour moi, une femme n'était qu'un caprice —, c'était vrai et il l'avait senti lui aussi. « Il faut que je lui en parle », pensai-je.

XIX

La nuit, nous allâmes à la réunion dans une gargote. Pour ne pas nous faire arrêter au retour, nous restâmes jusqu'à l'aube. Gino Scarpa descendit avec les autres dans une espèce de cave qui donnait dans une autre cave par où on sortait en cas d'urgence. Je restai avec Giuseppe dans la pièce du haut. J'avais apporté ma guitare mais, si j'en avais joué à cette heure-là, une ronde aurait pu nous entendre. J'avais sommeil, je me ressentais de la nuit précédente. Giuseppe montait et descendait l'escalier et, chaque fois, il m'appelait. « Fais attention, me disait-il, tu parles d'un coup s'ils nous prenaient ! »

L'anxiété me tint éveillé, ça oui. Je savais que, dans cette cave, il y avait beaucoup de camarades et que Scarpa à lui seul valait autant qu'eux tous. Ce n'est pas pour rien qu'ils discutèrent si longtemps. Je dis à Giuseppe de se renseigner au sujet de Turin. Ce ne fut qu'à l'aube, quand on entendit « Ils ont fini » et que le patron nous apporta du café à nous aussi, que Giuseppe me fit tranquillement : « Tu as raison. Ton ami était un camarade. »

Il n'en savait pas plus, ou ne voulut pas parler. Pendant ce temps, quelques-uns des plus jeunes, qui allaient travailler, sortirent par une porte ou par l'autre. Le patron les laissait entrebâillées et faisait semblant de balayer. Je ne vis pas les autres.

Quand je partis avec Gino Scarpa, il faisait déjà jour. Je m'étais aperçu, d'après ce qui s'était dit à la fin, que la réunion ne l'avait pas satisfait. Je compris qu'il faudrait en tenir une autre.

Nous traversâmes les jardins du Pincio sous les premiers rayons du soleil. Je marchais, complètement abruti, comme on nage à contre-courant. Si Scarpa n'avait pas été là, je me serais affalé sur un banc. « Qu'est-ce que tu en penses ? me dit-il. On prend le petit déjeuner ? Ce serait bien de manger ici sous les arbres. »

Mais nous descendîmes jusqu'à la place Flaminio, à ce café où j'étais entré la veille. « C'est mon destin, pensais-je, de rentrer à cette heure-ci. »

« Courage, dit Scarpa, ça aussi, c'est la guerre. »

Mais il n'avait plus le visage aussi vif. Je voyais ses rides, ces rides de maigreur, qui rappelaient par où il était passé. Sa force était tout entière dans ses yeux. Tandis qu'il sirotait son café au lait, je me rappelai soudain la gorge d'Amelio étendu sur son lit.

« Rien qu'à nous voir, on peut deviner ce qu'on est, dis-je. Une chance qu'il n'y avait personne. »

Scarpa jeta un regard vide vers la caissière et grommela très gravement : « Tous les camarades ont la tête de quelqu'un qui dort sous le lit. Avec la vie qu'on mène. »

Je pris de l'eau-de-vie dans mon café en repensant à ce destin. Mais je compris qu'autrefois je l'avais subi, tandis que maintenant je savais pour qui je travaillais. Là-dessus aussi, j'aurais voulu avoir son avis à lui.

Nous rentrâmes à la maison ; en chemin, je voyais qu'il était inquiet. Il jetait des coups d'œil aux nuages et aux pins de la colline.

« Cette Rome, me fait-il. On ne réussit pas à la comprendre. Ils ont tous la même tête. A parler avec eux, on a l'impression d'être au gouvernement. Il n'y a rien à faire, le fascisme, ils l'ont chez eux. Ils lui font la guerre sur son propre terrain. Ils sont tous ses compatriotes. Quel visage il a pris dans le monde, ils ne s'en doutent même pas. »

Je lui demandai alors si ce n'étaient pas des camarades.

« En paroles, tout le monde l'est, me fit-il. Tu n'y étais pas cette nuit. » Il me regarda, amusé et tombant de sommeil. « Il y a du bon à discuter. Tu ne sais pas ce que c'est bon. »

Je lui dis qu'en tout cas, c'était à Rome que j'avais compris.

« Mais c'est comme ça, dit-il. C'est toujours comme ça. A Rome, tout semble plus facile. Il m'est arrivé à moi aussi de comprendre, quand j'étais étudiant. Ensuite, par malheur et par bonheur, j'ai vu le reste. »

Je m'étonnai de ce que Gino Scarpa avait été étudiant. Il avait l'air d'un homme comme nous ; il comprenait mieux, c'est tout. Tout en parlant, nos étions arrivés.

« Alors tu connais Rome, lui dis-je.

— Elle a changé depuis ce temps-là, répondit-il en riant. Ce qui ne change pas, ce sont les Romains. »

Gina nous accueillit à la porte d'un air content. Elle nous attendait pour nous faire manger une bouchée, mais je lui dis que je tombais de sommeil. Gino Scarpa alla regarder les nuages dans le jardin ; moi, je me jetai sur le lit et je fermai les yeux.

Je passai à la maison vers le soir pour parler à la Marina.

« C'est bien, me dit-elle, tu n'uses pas la clé.

— On travaille.

— Ça se voit sur ton visage.

— Comment vont les voisins ? »

Je lui payai le mois et je lui demandai si elle ne voyait pas d'inconvénient à ce qu'un de mes vieux amis dorme cette nuit dans ma chambre.

« Tu le connais depuis un jour et tu lui donnes ta chambre ? »

Alors je passai chez Dorina et je les trouvai tous en grande agitation. Ce qu'il y avait de nouveau, c'est que l'*Argentina* avait engagé Carletto. Ce soir, on lui signerait son contrat. Il était sorti et allait rentrer d'un moment à l'autre. « Je suis content pour vous, dis-je à Dorina, mais Carletto est un farfelu. »

Elle se vexa et me demanda pourquoi.

« Ça n'arrive qu'à Rome, lui répondis-je. Tout finit dans la joie. »

Dorina me dit alors d'arrêter. Je n'étais plus

vraiment l'ami de Carletto, voilà la vérité. Depuis que je vivais avec Gina, j'avais changé. Depuis l'histoire de Luciano, je leur en voulais. Je m'étais mis avec ces gens qui puaient la saleté. Et qui finiraient par me faire du mal. Tout le monde le disait.

Elle devint rouge et sa voix s'étrangla. En gros, elle disait que je ferais mieux de passer les soirées avec eux, à jouer de la guitare, à tenter d'entrer au théâtre. « Maintenant Carletto peut t'aider, me disait-elle. Ne te fie pas aux autres là-bas. »

Je compris qu'il valait mieux que Scarpa dorme là où il était. C'était aussi bien, pour deux jours. Il se trouvait bien dans la boutique et s'était mis à monter les roues avec Pippo. Ce soir-là, nous dinâmes, puis nous nous assîmes dans le jardin. On n'avait pas de nouvelles des autres. A minuit, on devait se réunir à nouveau. J'attendais Giuseppe.

« Joue un peu de guitare, me dit Gino.

— Si tu as vraiment été étudiant, lui demandai-je, et si ton père était un bourgeois, comment ça se fait que tu travailles avec nous ? Pourquoi as-tu été obligé de t'enfuir ? Est-ce que ce n'est pas ton intérêt qu'il y ait le fascisme en Italie ?

— Il y a des fous dans toutes les classes, répondit-il. Si ce n'était pas comme ça, nous en serions encore à la Rome antique. Pour changer les choses, il faut des fous. Tu t'es déjà demandé ce que c'est qu'un fou dans ce monde ? »

Puis il me dit : « Toi aussi, tu es un fou. Ça te va, le travail que tu fais ? Si tu risques le mur ou la prison, qui est-ce qui te paiera ?

— Nous sommes tous exploités…

— Qui est-ce qui t'exploite ? Gina ? »

Il parlait d'un ton brusque et amusé. J'avais envie de lui répondre.

« Je vais te dire une chose, me fit-il. Il n'y a qu'une différence entre nous deux : ce qui, à moi, m'a coûté des mois de travail acharné pour me décider, et des bouquins et des angoisses, toi et ta classe, vous l'avez dans le sang. Ça n'a l'air de rien.

— Ç'a été difficile de les trouver, les camarades.

— Et pourquoi les as-tu cherchés ? Tu espérais quelque chose ? Tu les as cherchés parce que tu avais l'instinct.

— Je voudrais en lire quelques-uns, de ces livres. Si un beau jour, les écoles sont pour nous…

— On ne gagne pas grand-chose dans les livres. J'ai vu en Espagne des intellectuels faire des bêtises comme les autres. Ce qui compte, c'est l'instinct de classe. »

Nous parlions ainsi dans le jardin. Il ne faisait pas sombre mais les réverbères s'allumaient au loin. Quelques fenêtres s'étaient éclairées. Quand je pensais que Scarpa partait demain, ça me donnait envie de le suivre. Il pouvait m'apprendre tant de choses.

Quand Giuseppe vint, il faisait nuit ; il nous dit : « Quelqu'un a parlé. »

La gargote avait été surveillée. Un camarade avait vu les mouchards se relayer, l'un à la table, l'autre au coin de la rue. Ils n'avaient encore pris personne, ils attendaient les dirigeants. « Ils vont prendre le patron, nous dit-il, qui ne sait pas où est Scarpa. Vous, ouvrez l'œil, camarades. »

Il s'en alla à pas lents, comme il était venu. Scarpa me dit que, dans ces cas-là, le patron se fait toujours prendre ; mais il aurait préféré voir quelqu'un de plus résistant dans cette situation difficile. « Alors, on va faire quelques pas ? » me proposa-t-il.

Je regardai par la porte s'il n'y avait personne. « Viens aussi, toi », dis-je à Gina, qui n'attendait que ça.

Nous montâmes la colline, vers l'église. Les gens allaient et venaient, et faisaient un vacarme de tous les diables. Des bistrots, sous cette lumière, on sentait venir une odeur de vin. Ceux qui ne braillaient pas, c'est seulement parce qu'ils avaient la bouche pleine. Sur Rome tout entière s'étendait un ciel noir et embrasé. « Si on nous prend cette nuit, dis-je, la dernière chose que nous aurons, ce sera ça.

— Quoi, ça ? dit Gina.

— Comment on mange, comment on braille, et comment on boit à Rome, dit Scarpa, c'est bien ça ? »

Je lui demandai alors s'il comprenait toujours tout.

Il me répondit que c'est comme pour un ami qui est tombé amoureux. On sait à l'avance ce qu'il va dire. Nous avons tous été amoureux à un moment ou à un autre.

« Pablo n'est pas de cet avis », dit Gina.

Il y avait quelque chose dans sa voix qui nous mit en gaieté. « Tu nous racontes des histoires, fait Scarpa. Pablo est un bon camarade. »

Puis il nous parla du temps où il avait été en prison ici à Rome. « Il y a dix ans. J'en avais vingt. J'étais anarchiste à l'époque. Ils m'ont fait sortir parce qu'ils se sont dit : “ Il est cinglé, celui-là. ”

— Comment est-on traité en prison ? lui demandai-je.

— Ce n'est pas en prison qu'on est maltraité. C'est par ceux qui sont libres. Moi aussi, j'étais amoureux ; au bout d'un mois, j'étais déjà cocu. »

Gina lui dit : « Est-ce que c'est vrai au moins ?

— La vie, c'est comme ça. Ça tourne toujours mal si tu vas en taule. Il y a autre chose : si tu y restes un bout de temps, tu oublies les gens. Tu sors et tu t'aperçois que le monde vivait quand même. On comprend ce que c'est que d'être mort.

— Il vaut mieux mourir », dit Gina.

Nous laissâmes les maisons derrière nous ; on voyait la moitié de Rome.

Je dis à Scarpa : « Tu devais partir demain.

— C'est moche, me dit-il. Ne pouvoir s'arrêter que lorsqu'on sait qu'on est recherché. »

Nous revînmes sur nos pas, et j'envoyai Gina dans la chambre chez la vieille. Je rentrai à la boutique avec Scarpa et, pendant la moitié de la nuit, nous discutâmes. Se sauver ou se faire prendre, disait-il, c'était pareil. L'important, c'est qu'il en reste d'autres. Mais il vient un moment où on voudrait être pris et ne plus bouger.

« Ici, chez vous, ce n'est rien », me dit-il. Il me parla de l'Allemagne et des prisons en Espagne. Tandis qu'il parlait, j'en avais des sueurs. « Nous avons le monde entier contre nous, me disait-il. Ne te fais pas d'illusions. C'est ça que vous ne voulez pas comprendre ici. Ils défendent leur assiette et leur portefeuille, les bourgeois. Ils sont prêts à supprimer la moitié de la terre, à égorger les enfants, pour ne pas perdre la mangeoire et le fouet. Ils y arriveront en Italie aussi, tu peux en être sûr. Ils parleront de Dieu et de la famille, si ça se trouve. »

Je me rappelai que Carletto avait dit des choses de ce genre. Je le lui dis.

« Si tu ne savais pas comment ça se passe, m'expliqua-t-il, tu ne serais pas un camarade. Mais c'est une chose de le savoir, c'en est une autre de savoir agir. Nous sommes tous des bourgeois quand nous avons peur. Fermer les yeux pour ne pas voir l'orage, ce n'est que de la peur, de la peur bourgeoise. Qu'est-ce que c'est, le marxisme, sinon voir les choses comme elles sont et aviser ? »

Il m'expliqua qu'en Italie les bourgeois jouaient un jeu. « Vous êtes de bons garçons, nous disaient-ils, on est malheureux nous aussi. Mettons-nous ensemble et disons au gouvernement que ça suffit. C'est dans notre intérêt, mais plus encore dans le vôtre. Regardez à l'étranger ce que font les méchants. Venez avec nous, nous vous sauverons.

« Et au lieu de ça, dit-il cette nuit-là pour conclure, il faut se sauver ou mourir avec les autres. La guerre d'Espagne est perdue. »

Le lendemain, Gina vint et nous éveilla. Je me mis au travail ; Scarpa resta dans le jardin pour laver ses vêtements. Je demandai à Gina ce que racontaient les femmes à la maison. Elle me répondit en riant :

« Elles s'étonnent que tu dormes avec lui.

— On l'a engagé au théâtre, Carletto ?

— Ce soir, ils nous invitent à dîner. »

Pendant toute la journée nous ne pensâmes pas à cette invitation. Scarpa resta tranquillement au lit ou dans le jardin. Nous avions décidé d'aller nous promener quand il ferait nuit, pour faire quelque chose, et de boire un litre, quand arrive un cycliste avec des pneus sur le dos. Je le connaissais, il travaillait à l'atelier de l'Aurelia. « Le patron a parlé, nous dit-il. Ils sont en train d'arrêter des gens. Les camarades ont décidé que Scarpa ne doit pas rester dans la ville. Je dois le conduire à la gare du Transtévère. »

Scarpa dit : « Une chance que j'aie fait ma lessive. »

Il se rhabilla, posa la salopette et nous embrassa, Gina et moi.

« N'oublie pas les camarades d'Espagne », me dit-il. Et il partit.

XX

Nous sommes tous lâches. Une fois qu'il eut disparu, il me sembla que j'étais soulagé. J'étais sûr que le patron du bistrot ne savait pas où j'habitais et je dis à Gina : « Tu veux qu'on aille au théâtre ? »

Elle me regarda d'un air joyeux.

Carletto, les femmes, Luciano et leurs collègues dînaient près de l'*Argentina.* Pour y arriver, je fis un détour et j'aperçus la gargote de l'autre nuit. Elle était fermée et les barres étaient mises ; les gens passaient sans faire attention. En combien d'endroits pouvons-nous passer, où la police est venue, pensais-je, et personne ne s'en doute. Peut-être un beau jour, Dieu sait quand, quelqu'un pourra tout dire.

C'était une revue comme les autres : il y avait bien longtemps que je n'en avais pas vu. A Turin, à cause des jambes, je n'y étais pas retourné ; et à Rome non plus je n'y avais jamais pensé. Je ne sais pas pourquoi, avec ces fascistes partout, avec le pape et avec la place de Venise, je pensais que ce n'était pas permis. Autres gens, autres mœurs, me disais-je.

Mais ensuite, à la plage, j'avais vu ces maillots deux-pièces. Là où il y a un homme, il y a une femme pour lui, toute prête. Pour prendre du bon temps, ils sont tous les mêmes.

Cette fois, il y avait même une négresse qui venait danser. C'était une grosse femme complètement nue, qui sautait comme un grillon. Celle-ci conviendrait bien à Lubrani, me dis-je aussitôt, savoir si c'est lui qui l'a engagée. Mais les négresses ne sont jamais assez nues, c'est pourquoi elles poussent des hurlements et sautent comme ça. Elles ont une voix qui vous effraie et vous émeut jusqu'au sang. Elle plaisait aux Romains, ils la bissaient.

Puis nous vîmes Carletto au parterre. Gina lui dit qu'elle attendait de le voir sur la scène. Il nous regarda d'un air idiot et nous expliqua que son contrat commençait dans six jours. « Tu vas voir, pensais-je, que la tour Littoria va le rouler encore une fois. »

Puis les autres arrivèrent et il y eut des cris de joie, des saluts, des éclats de rire. Je ne me sentais pas à ma place au milieu de tous ces visages. Il me semblait qu'avec moi se trouvait Gino Scarpa, sa voix, sa façon de rire, et qu'au milieu des gens quelqu'un débouchait. « On va dîner ? » nous dit Dorina.

L'endroit où nous dînâmes était connu pour son porc rôti et sa mozzarella. Carletto refit pour nous quelques scènes synthétiques : il était encore meilleur qu'autrefois, mais nous étions servis par un garçon en veste blanche et cela changeait tout. Une qui riait comme une folle en se mordant les poings, c'était Gina ; je comprenais qu'elle avait encore le frisson pour nous deux, pauvre femme, et c'est pourquoi elle riait ainsi comme si elle avait été ivre. Pas une seule fois elle ne s'était lamentée au cours de ces deux jours.

Toute la soirée passa ainsi et nous retournâmes au pont Milvio en groupe. Cela me faisait une impression étrange de me trouver avec eux, d'entendre les voix et les propos d'autrefois ; au cours de ces deux jours, il m'était arrivé tant de choses qu'il me semblait que je n'étais plus le même. On parlait, on marchait, on riait comme ça ; je pus même me souvenir qu'eux aussi avaient fait quelque chose, qu'à croire Luciano ils faisaient encore quelque chose, mais je comprenais qu'entre nous il y avait comme un mur ou une haie de fil de fer barbelé. Nous ne pouvions parler que pour rire, et avec Giulianella on plaisantait au sujet de ce que je faisais. Puis, à propos du *Plaza,* je m'amusai avec Carletto : je lui dis que, passe encore de venir me chercher, mais amener Linda chez moi, il méritait d'être battu. « Dans cette histoire, tu es toujours là, lui disais-je. Comment ça se fait ? Ils sont partis au moins ? » Il me répondit que oui. Je le regrettai.

Pendant quelque temps, les camarades ne se manifestèrent pas. Je ne savais plus rien du patron du bistrot ni des autres. Si au moins Scarpa avait encore été à Rome, on aurait pu se rencontrer par hasard. Il y avait des jours où je n'étais pas tranquille. A la fin, j'envoyai Pippo sur la Via Aurelia avec des pièces détachées, et je lui dis de bien regarder qui est-ce qui travaillait aux machines.

Ils me firent dire de me tenir tranquille. Il y avait encore du danger et rien à faire.

Je passai ainsi mes derniers jours d'insouciance. Gina sentait qu'il y avait quelque chose dans l'air. Elle disait : « Tu crois que tu peux travailler ? Ferme la boutique et allons chercher Dorina. Tu ne veux pas en profiter, de ces jours-là ? » Nous retournâmes à Ostie, à la pinède, sur ces routes aux portes de Rome. Même seuls tous les deux, nous étions assez pour être heureux. C'était le mois de septembre, l'air était comme du verre.

Je repris un peu ma guitare, et vers le soir, quand je sortais, il me semblait que j'avais les mêmes envies qu'autrefois. Quand j'allais m'amuser sur les collines avec Lario et Chelino. Quand tout devait encore arriver et qu'Amelio allait et venait. Un an seulement avait passé. Était-ce possible.

« Tu es content de Rome? disait Carletto en trottant derrière moi. On est bien dans ce monde, vieux porc. »

Giulianella disait : « Tu es presque marié. Tu vis comme un coq en pâte. »

Je pensais aux autres. Je pensais à ceux qui étaient en prison. Je pensais aux morts et aux moribonds de la terre entière. Ce que serait le monde si nous avions déjà vaincu. Mais il est bien possible que ce qu'il y a de beau, c'est que ça dure un moment et qu'on ne peut pas changer les choses d'un seul coup.

Une nuit, nous fûmes pris sous une averse dans la rue, alors que nous venions de sortir du théâtre, et nous dûmes nous abriter au plus vite. Dans ces cas-là, on a toujours envie de s'amuser, et on tombe toujours à l'endroit qui convient le mieux. On a l'impression d'être tous des gosses. Rome tout entière tonnait et ruisselait, les feuilles volaient, il n'y avait pas un chat dans ce bistrot à part nous. Nous bûmes du vin ; Gina aussi buvait. Carletto fit un grand discours contre le fascisme ; le patron, après avoir fermé la porte, nous ouvrit une bouteille qu'il gardait pour quand le grand jour viendrait, et il se mit à parler lui aussi. « Quand je sens de la bourrasque, criait-il, il me semble toujours que les trompettes s'éveillent. La foudre viendra, elle viendra, sur le palais de Venise et sur les cieux de Rome et, ce jour-là, nous verrons la mort du rat... »

A la fin, il était soûl, mais pas au point de nous laisser sortir après la pluie sans nous prier et nous conjurer de nous taire, d'être charitables, de perdre jusqu'au souvenir de ces bouteilles. Il dit que, quand venait l'orage, il voyait trouble, mais, le reste du temps, la politique ce sont les clients qui la font. Pour le calmer, Luciano lui dit : « Nous ne savons même pas où elle se trouve, ta boutique. »

Ce visage du patron nous resta devant les yeux, et Giulianella marmonnait : « Est-ce qu'il est vraiment si idiot que ça ? » Nous fîmes peur à Carletto. Nous lui dîmes que le patron l'avait certainement vu au théâtre. Il resta un peu sceptique, puis nous dit : « Il était sincère. Qui est-ce qui va lui rembourser les bouteilles qu'il a débouchées ? »

C'est Gina qui dit : « Vous étiez tous sincères. Mais, s'il a peur, il sera le premier à vous dénoncer.

— Voilà où en est l'Italie, me dit Luciano. On dénonce pour ne pas être dénoncé. »

Ainsi, devant la maison, nous reprîmes cette discussion, et ils me demandaient, insistaient pour que je me mette avec eux. « D'un jour à l'autre, ça peut arriver, disaient-ils. Lui [1], il est malade, syphilitique. Nous devons être prêts pour le bond final. Nous devons garder les contacts. Si, à ce moment-là, la masse nous glisse des doigts, ça va être une boucherie.

— Ça peut bien arriver, disais-je, et après ?

— Mais ce n'est pas tout, disaient-ils. Il ne faut pas laisser venir la guerre. Nous deviendrions une seconde Espagne. »

Je voyais en eux comme s'ils avaient été de verre. Dans toutes les peurs, il y a une idée interdite, un intérêt qui commande et qui est caché. On défend sa peau, on défend la paix, ces choses-là peuvent se comprendre — elles arrivent à tout le monde. Mais que ces deux-là défendent l'argent des bourgeois, l'argent qui avait fait le fascisme, je ne pouvais pas le comprendre. Je le leur dis en riant.

Carletto répondit que je pouvais avoir raison. Mais il revint sur l'idée du bond final. « Il est déjà arrivé, me disait-il, qu'on a laissé échapper l'occasion. Une masse qui vous a glissé des doigts se fait décimer. On a vu des massacres dans l'histoire. »

En somme, ils voulaient parler aux chefs. Je répondis que les chefs parlaient peu et que ces choses-là, ils les savaient depuis un bout de temps. « Viens, toi, dit alors Luciano. Parle à quelqu'un, toi. »

1. Mussolini. *(N.d.T.)*

Ce quelqu'un était un monsieur à lunettes d'or et gilet blanc, que nous rencontrâmes devant le théâtre. Il était là avec Giulianella et semblait content. Il offrit du café à tout le monde, puis nous bavardâmes. « Le Commandant, nous dit Luciano, fréquente les concerts. Il aimerait t'entendre jouer de la guitare.

— Ce n'est pas difficile, répondis-je. Il suffit qu'il vienne au bistrot un soir.

— On va chez Beppe, dit-il, on va parler un peu. »

Ce Commandant était un homme prudent. Il parla vraiment de guitares et de violoncelles. Il s'arrêtait de temps en temps dans la rue et disait un mot. Nous autres, autour de lui, nous attendions qu'il finisse. Il tenait Giulianella par le bras et il semblait être son grand-père.

Au restaurant, nous nous assîmes à l'écart. Les tables avaient toutes une nappe et des fleurs. Je ne comprenais pas quel besoin il y avait de se fourrer là-dedans pour boire un verre. Mais, de toute façon, Carletto, Giulianella et Luciano étaient joyeux.

Nous continuâmes à parler de musique. Le Commandant tenait des propos difficiles. Il me regardait. Je regardais Luciano.

A un certain moment, ce fut Carletto qui l'interrompit. Il dit : « Venons au fait. Ici, il y a Pablo qui sait qui nous sommes. Vous, mon Commandant, expliquez-lui. »

Alors le vieux s'appuya sur son fauteuil. Il me regarda : ses lunettes étaient plus brillantes. Il commença à me faire des compliments. Il dit que des gens comme nous, il en fallait. Qu'il y en avait encore peu. Que nous étions des saints. Mais que notre défaut, c'était de rester cachés. Pourquoi ne pas unir nos forces à celles des autres Italiens ? Que voulaient les autres Italiens ? En finir avec la violence, avec les brutes, avec les voleurs, revenir au respect de soi et de la loi, restaurer l'Italie et ses libertés.

« Renverser le fascisme sans faire d'autres dégâts », interrompit Carletto.

Le Commandant cligna de l'œil et reprit son discours. On avait déjà laissé carte blanche une fois aux masses. Résultat ?

Je lui dis que les masses, c'était nous, et que le résultat, les bourgeois comme lui le connaissaient.

Le Commandant sourit à nouveau. Il dit que, certes, les racines du fascisme sont étendues mais que nous, en faisant naître la peur chez les gens, nous lui donnions de la vigueur. Nous devions discuter et nous faire connaître. Nous devions nous engager à un programme commun. C'est cela, me dit-il, qu'il demanderait à nos chefs, quand il les approcherait.

C'était un vieux pénible. Je commençais à m'en rendre compte. C'est eux, cette fois, qui me regardèrent ouvrir la bouche. Je vois encore Giulianella écrasant nerveusement sa cigarette.

Je dis, en cherchant à rester calme, que, depuis un bout de temps, on faisait quelque chose. Que moi, non, je n'étais rien, mais les dirigeants passaient leur temps à discuter. Que l'engagement commun devait être valable pour tout le monde. Qu'il était inutile de se faire l'illusion que le bon temps reviendrait, et que si nous faisions peur, il y en avait qui faisaient pitié. Cela m'amusa de voir leurs visages quand je dis que, depuis un bout de temps, on se concertait.

Mais le Commandant sourit d'un air sceptique. Il dit que rien n'a jamais fleuri avant la saison et qu'en cette matière il faut du bon sens. Cependant, il était heureux de s'être entretenu avec moi et me priait d'y réfléchir et d'en parler. Il nous proposa de boire à nos espérances.

Pour la guitare, nous nous vîmes quelques jours plus tard. Non plus chez Beppe cette fois, mais sur la terrasse de la maison de Luciano. Je n'y étais jamais allé et Giulianella, de là-haut, nous montra la moitié de Rome. Le Commandant écouta la guitare, discuta avec moi, m'expliqua que les partis sont comme les cordes qui font de la musique. On ne joue pas en arrachant les cordes, on joue en les effleurant.

Nous nous vîmes d'autres fois, en nous promenant çà et là dans Rome. Gina me demanda si les camarades étaient morts. Elle n'avait pas l'air mécontent.

A moi non plus, cela ne me déplaisait pas de souffler un peu. Mais ce long silence était encore plus dur. Je passai devant la gargote et je la vis toujours fermée. C'était dimanche. « Demain matin, pensai-je, je fais un saut jusqu'à l'Aurelia. » Je n'en eus pas le temps, par bonheur. On m'arrêta avant le jour, en me prenant au lit.

XXI

Ils me prirent au lit, et, en une demi-heure, ils mirent la maison sens dessus dessous. La Marina me faisait des yeux comme ça. Je croyais que c'était pour l'histoire de Scarpa et je pensais à Gina avec une grande envie de rire. « Tant mieux », me disais-je. Puis nous descendîmes. La porte de Carletto était fermée.

Je pensai : « Cet imbécile de Carletto est en train de dormir. Quelle peur ils vont avoir ! Ils vont se sauver à la campagne. » J'étais tellement content que Scarpa ne soit plus à Rome que l'auto arriva rue de la Lungara, que nous descendîmes et qu'ils me mirent en prison sans que j'aie donné un coup d'œil à la rue ou aux nuages. J'y pensai trop tard. Par la suite, je me souvins dans ma cellule que, sur le pont, j'avais vu une fille décoiffée. Il devait y avoir du vent, à cette heure vide. De ma cellule, je ne voyais que des murs et le ciel bleu.

Quand les gardiens me laissèrent tranquille dans ma cellule, j'avais mal à la bouche. Je m'aperçus alors que, dans la rue, dans les bureaux, devant les registres, je n'avais jamais cessé d'avoir le visage comme si je riais, la moue de celui à qui il n'arrive rien de nouveau. Je m'attendais à des coups de poing, à du sang, à quelque chose. Au lieu de cela, tout le monde me regardait d'un air ennuyé, comme si on avait été au café. Le dernier vint alors que j'étais dans ma cellule, il ouvrit le judas et m'appela. « C'est pour cette fois, pensai-je, il va me passer à tabac. » Mais il me donna une gamelle, une serviette de toilette, des couverts et tout le reste. Je fus assez bête pour lui demander pourquoi on m'avait arrêté. L'autre ne répondit même pas et referma le guichet.

La journée passa de cette façon, sans histoires. Il y avait un lit de camp, je m'allongeai sur le lit de camp. Étant allongé, je voyais un peu de ciel. La fenêtre était fermée par des barreaux et des lames de verre en travers qui ne permettaient pas de regarder dans la cour. « On n'est pas mal, pensais-je, il suffirait de savoir si ça va durer. » De temps en temps quelqu'un frappait au judas — pour le pain, les achats, l'appel, le bidon d'eau. « Pourvu que ça dure », me disais-je. On pouvait même s'acheter des cigarettes.

Il m'était resté une crainte depuis le matin : celle de ne pas avoir le temps de penser à ce que je devais répondre. De ne pas pouvoir me régler sur ce qu'ils savaient. « S'ils ont pris Pippo aussi, me disais-je, c'est fini. » Puis je disais : « Mais s'ils m'ont arrêté, ça veut dire qu'ils savent tout. »

La prison ce n'est pas d'être enfermé, c'est l'incertitude. Je marchais de long en large dans ma cellule. Je pensais aux camarades, au Commandant, à ce que racontait Scarpa. « Comme il dit : c'est comme si on était mort, pensais-je. Ce fou-là. »

Puis je retournais m'étendre et je reprenais depuis le début. Donc Scarpa s'est sauvé, disais-je. Oui ou non ? A part Giuseppe, qui est-ce qui savait où j'habitais ? Je me rappelais la nuit où il pleuvait, je me rappelais le patron soûl Ce visage de chèvre. Mais, à la rigueur, il pouvait connaître Carletto, pas moi. Le Commandant ? Mais celui-là ne prenait certainement pas de risques. J'eus froid dans le dos en pensant que c'était peut-être ma faute. Si l'un d'eux a parlé et qu'on a pris les camarades, il ne me reste plus qu'à me jeter dans le Pô.

En pensant au Pô, je me souvins qu'une fois j'y étais allé pour m'y jeter vraiment. Pas plus tard qu'en mars, à cause de cette fille. Je la revis dans la rue, le soir du *Plaza,* parlant d'Amelio, irritée et méchante. Je pensai soudain qu'Amelio aussi était emprisonné. Cette fois, pensai-je, nous sommes quittes. J'étais étendu sur le lit de camp. Je fermai les yeux et je dis : « Amelio. »

Vers le soir, ils frappèrent les barreaux. Ils commencèrent dans les cellules au loin. Un martèlement qui ressemblait à une chanson — on entendait une barre frapper les grilles, comme si elle était folle, chanter et frapper, et un bruit de clés et de portes. Il s'approcha, s'approcha ; la porte s'ouvrit. Un gardien entra et, tandis qu'un autre me disait bonsoir, le premier alla à la fenêtre et frappa sur les barreaux, en long et en large. Puis ils s'en allèrent en claquant la porte pour la fermer. Je compris que c'était la nuit.

Il me semblait impossible qu'il puisse y avoir quelqu'un qui pense à s'échapper. Ça, c'était comme la cloche de l'église — ils faisaient un peu de tapage pour nous faire plaisir avant de dormir. Je restai debout, à la fenêtre, fumant une dernière cigarette et, à travers les lames de verre, je regardais le ciel sans un nuage. A cette tranche de clarté, il me semblait reconnaître Rome tout entière. C'était l'heure où je sortais et où nous allions dans le centre, l'heure où tout s'allumait, où les gens dînaient, et on dansait, on buvait, on jouait de la guitare. Savoir si Gina, Luciano, Carletto et les femmes s'étaient retrouvés. Pourvu que Gina ne commette pas d'imprudence. Je n'avais même pas pu lui dire merci. Je n'y pensai pas beaucoup ce soir-là, j'étais encore complètement abasourdi. Puis, au plafond, la lumière s'alluma, une lumière mauvaise, crue, comme celle des hôpitaux. Quelqu'un frappa au judas fermé et me dit : « C'est l'heure de dormir. »

Est-ce que je dormis, je n'en sais rien. Je m'attendais à ce qu'ils viennent pour me faire parler. Je pensais toujours que, la nuit, ils nous frappaient, et je faisais attention pour savoir s'il se passait quelque chose. Je pensais aux histoires d'Allemagne et d'Espagne ; je disais : « Avec les rouges, ils ne se gênent pas. » A un certain moment, je m'éveillai, on touchait à la porte. Je n'eus pas le temps de regarder que déjà le gardien refermait — c'était la ronde.

Vint le matin et peu à peu les lames de verre s'éclairèrent. Toute la nuit, j'avais remué sur mon lit ; je me sentais les hanches brisées, la tête lourde.

Mais je n'avais pas ouvert les yeux que déjà je pensais à ce que je devais répondre.

Une cloche sonna pour nous éveiller. On apporta le café, le bidon d'eau. Puis ils passèrent pour frapper sur les barreaux. Quelqu'un me dit : « Il y a un colis pour vous. » Le colis arriva : c'était des affaires de chez moi et, sur la feuille, mon nom et mon prénom écrits de la main de Gina.

Ce sont des choses qui redonnent courage — c'était comme si je lui avais parlé. Je fumai ma première cigarette dans la joie ; je me mis à marcher. Tandis que j'allais et venais — cinq pas dans un sens et cinq dans l'autre — je pensais qu'il y en avait un qui ne pouvait pas marcher et qu'on avait emporté en prison sur une civière. Cela aussi me donna du courage et je regardai les barreaux. « Si je suis ici, c'est que je l'ai voulu », pensai-je.

On vint me dire que je pouvais aller prendre l'air pendant une demi-heure. Je descendis des escaliers, je passai par des couloirs. On me conduisit dans une cour en ciment et on m'enferma à clé. On voyait une tranche de ciel, tout là-haut.

Ainsi passa le deuxième jour, et il n'arriva rien. Puis la nuit et je découvris les punaises. Puis à nouveau le matin et à nouveau la promenade. Je pensais toujours à ce que je devrais répondre et je ne le savais pas. Puis, la nuit, je me souvins des livres du Blond. « Si c'était à cause de ça ? Ce serait une histoire de fous. » Il m'arriva un autre colis. On vint me demander d'écrire chez moi. « Je n'ai pas de chez moi. — Écrivez à un ami.

— J'espère bien m'en aller.

— Vous n'avez pas une femme ?

— On écrit aux femmes ?

— Vous pouvez faire une demande au directeur.

— J'espère bien m'en aller. »

Tous les soirs, le lendemain était le bon jour. Il y avait cinq grilles entre moi et la rue de la Lungara. Il fallait les ouvrir toutes, une par une. Je m'imaginais qu'ils s'étaient trompés ; qu'ils m'avaient pris pour un autre — pour Carletto si ça se trouve : tout à coup, ils m'appelaient et m'ouvraient les grilles. Je commençais à être obsédé par des images comme un magasin de fruits, un verre de bière. Qu'est-ce que je n'aurais pas donné pour avoir un travail — même être porteur, travailler aux hauts fourneaux de Cogne, être marin et subir la bourrasque. Pouvoir bouger, dire ce que je pensais, ne pas toujours réfléchir aux questions et aux réponses. Je me rappelais la fille décoiffée sur le pont, j'inventais ce qu'elle pouvait bien faire à cette heure-là, ce qu'elle pensait, d'où elle venait. Je me mettais à un endroit où passent les gens, place Flaminio, place du Triton — et je voyais les gens, je reconnaissais les visages, il me semblait que j'avais toujours gâché les plus beaux moments de la vie. « C'est justement à Rome que ça devait m'arriver », me disais-je. J'imaginais que j'étais comme un malade, que j'attendais le docteur, que je ne pouvais plus me lever du lit. Je jouais de la guitare en bougeant les doigts de mémoire ; j'inventais des thèmes. Il y avait des jours où je pensais que je n'étais qu'un gosse, un idiot ; que je n'avais fait que des sottises et que tout le monde riait. Mais il y avait Gina qui ne riait sûrement pas, et je pensais à la boutique, à Solino, aux chantiers du pont. « Je suis un pauvre idiot, disais-je, il valait mieux jouer de la guitare et rester là où j'étais. »

Et pourtant, le jour où ils me prirent et m'emmenèrent au commissariat, je donnai d'abord un coup d'œil à ma cellule. Je ne peux pas dire à quel point j'avais le cœur qui battait. Plus que de la peur, c'était l'envie d'être seul et de ne pas les voir. Nous passâmes les grilles, nous nous arrêtâmes au registre ; par les fenêtres, on voyait les arbres au-dessus du Tibre. En sortant, mes gardiens me saisirent le bras. Je m'aperçus que je prenais mon air nonchalant.

Au commissariat, des policiers m'attendaient derrière une table, et c'est eux qui parlèrent. D'abord le nom, le prénom, et mon père, ma date de naissance et est-ce que j'avais déjà été condamné. Puis d'où je venais et ce que je faisais et depuis quand j'étais à Rome. Puis où est-ce que je passais mes soirées et qu'est-ce que c'était que ce livre.

Ils me le donnèrent. Le livre du Blond.

« Gina aussi », pensai-je. J'allais dire que ça appartenait à la boutique, mais je me retins. Je tournai quelques feuilles : en lisant, je pensais que Gina ne pouvait pas être en prison, qu'elle m'avait envoyé des colis, qu'elle n'y était pour rien. « Les salauds, pensais-je, ils sont allés chez elle. »

« D'où vient-il ? demandai-je à voix basse.

— C'est toi qui dois nous le dire. »

Je pensais à Carletto et à sa bosse. Je lui aurais donné des coups de pied.

« Je ne lis pas les livres, dis-je. Je lis à peine le journal. »

L'un d'eux me dit : « Et au théâtre, tu y vas ?

— Quand ça se trouve.

— Tu connais Giulianella ?

— Je connais Carletto. Un bossu. J'ai joué de la guitare et lui, il chantait.

— Où et quand ? »

Alors je parlai de Lubrani. Je parlai de Turin. J'y allai jusqu'à ce qu'ils me disent d'arrêter.

« Tu connais le Commandant ?

— Le Commandant ? »

Je dis que j'allais parfois à l'*Argentina* pour dîner avec Carletto et sa femme. Parfois j'emportais ma guitare. Je travaillais le jour et, le soir, je dînais. Il y avait beaucoup de gens dont je ne savais pas le nom. Ce Commandant, c'était un type qui se trouvait toujours au parterre.

« Parle clairement, me dirent-ils, comment se fait-il que tu sois venu à Rome ? Tu es mécanicien ou quoi ? »

Je pris un air étonné et je les regardai.

« Tu n'étais pas bien à Turin ? »

Je les regardai.

« Qui t'a donné ce livre ?

— Il n'est pas à moi.

— C'est le Commandant qui te l'a donné ?

— Je ne savais pas que je l'avais. »

Alors un type m'attrapa par l'épaule. Un coup de poing m'arriva sur l'oreille. Celui qui était assis continuait : « Tu le savais ?

— Jamais vu », répondis-je en le regardant.

Je sentais toujours cette main sur mon épaule. L'autre me dit en ouvrant un tiroir : « Il y a une lettre pour toi. »

Il me la donna. Elle était de Gina.

« Tu peux lire, dit-il.

— Elle n'y est pour rien. »

Gina m'écrivait qu'elle espérait me voir bientôt, est-ce que j'avais besoin de quelque chose ou d'argent ? Dans la boutique tout allait bien, que je prie le Seigneur. « Je pense toujours à toi », concluait-elle.

Je sentais toujours cette main sur mon épaule. L'un d'eux me dit : « Tu veux fumer ? »

« Nous voulons savoir, reprit l'autre, ce que faisaient le Commandant et tous ces gens-là. Ils ne t'ont jamais dit de les retrouver, de porter des paquets, d'aller à la campagne ?

— Non.

— Tes amis sont des extrémistes. Tu le savais ?

— Non.

— De quoi parlais-tu avec eux ?

— De bêtises.

— Et pourtant Giulianella t'accuse de les avoir aidés. Tu es inscrit au parti fasciste ?

— Non. »

Il se mit à rire. La main serra mon épaule.

« C'est la première vérité que tu dis. On t'a pris juste à temps. Tu baisais seulement Giulianella ou bien l'autre aussi ? »

Un autre coup de poing m'arriva. « Parce que Giulianella, le Commandant aussi la baisait, tu ne le sais pas ? C'est Giulianella qui te l'a payé, ton voyage à Rome ? »

Je dis : « Qu'est-ce que Giulianella vient faire là-dedans ?

— Tu dois bien le savoir. »

Quand ils se furent soulagés, ils écrivirent tout sur une feuille de papier. Ils me la lurent et dirent : « Signe. » J'y jetai encore un coup d'œil : il y avait seulement où j'avais connu Un tel et Un tel. Aucun camarade. Je signai.

Nous revînmes en taxi rue de la Lungara. Je m'étais juré : « Dans la rue, je regarderai Rome et les gens et les cafés », mais cette fois encore je n'y pensai qu'une fois dans ma cellule. « Ils n'ont pas pris les camarades, me disais-je, quels ânes. »

XXII

J'écrivis à Gina qu'elle ne s'inquiète pas parce que les choses s'arrangeaient. Que nos amis n'étaient pas plus responsables que moi, les malheureux, et qu'elle console Dorina. Qu'on ne peut garder en prison quelqu'un qui est innocent.

Le soir, les gardiens frappaient les barreaux et je pensais aux quatre autres. Qui sait si eux aussi disaient : « Ils vont chez Pablo. » Quand le fracas commençait, je me mettais à la fenêtre et j'écoutais les tintements passer d'une cellule à une autre et je me disais : « Maintenant c'est au tour de Carletto, maintenant c'est au tour de Giulianella. » Je ne pouvais pas imaginer qu'elle aussi était passée au commissariat, que quelqu'un l'avait battue. Pense un peu si ç'avait été pour Scarpa, me disais-je. Je me rappelai l'histoire de Luciano et je le compris. Ce sont des choses qu'on ne dit à personne.

Pauvre Luciano, revenir ici de cette façon. Je comprenais maintenant ce que c'est que d'être en prison. Toujours penser à quelqu'un et ne pas oser y penser. On a donné les réponses, on a pris les coups, pourquoi vous gardent-ils encore ?

Matin et soir, je me mettais à la fenêtre. Je m'étais rappelé Milo et les voyages en camion. Aller maintenant par les routes et s'arrêter n'importe où, ça devait être beau. De tout ce qui était libre, je profitais seulement de ce petit morceau de ciel bleu. Parfois je pensais : « Laissez-moi sortir. Je vais faire un tour au bord du Tibre et je reviens. Je le jure. » Je le pensais vraiment. J'étais en prison depuis un mois. « Voilà comment nous sommes, me disais-je, je sais que les camarades sont dehors et ça ne me suffit pas. » J'allais plus mal le soir. Le matin, je disais : « Ce sera pour aujourd'hui. »

Et, en revanche, cela se passa un soir, alors qu'on frappait les barreaux. Les gardiens entrent, ils font leur petite musique ; puis le chef me dit : « Prenez vos affaires. »

Je ne comprenais pas. « Allez, me dit-il, faites votre paquet. On sort. Vous êtes libre. »

Au registre, ils me remirent à un type en civil, une tête de Napolitain, qui me dit : « Venez. » Nous allâmes au commissariat en taxi.

Quand je sortis seul, sur la place, il faisait encore jour. En marchant, j'évitais les gens. J'entendais parler. Je regardais cet air doré, clair comme du verre, je marchais. Je relus mes papiers. Avant deux jours, je devais me présenter au commissariat de Turin. Billet payé. Surveillance spéciale.

Je ne pouvais pas rester dehors après le coucher du soleil. Alors, avec mon paquet, j'allai boire une bière au bistrot. Quand je sortis, on me rappela : il fallait payer.

Sur le pont Milvio, je m'arrêtai pour regarder les collines. Rome aussi était toujours la même. L'eau coulait tout doucement sous le ciel. Du côté qui ressemblait à Sassi, on voyait les poutres du pont en chantier, et tout était limpide et chaud. « A Turin, le brouillard se lève à cette heure-ci, me disais-je, entre la colline et la montagne. » Tout doucement je m'en allai. Je savais bien qu'un plaisir ne dure pas longtemps.

J'entrai dans la boutique en disant : « Mes hommages. » Je vis Gina me regarder. Elle ne portait pas la salopette. Elle courut vers moi comme une enfant.

Quand il fit sombre, je dus partir ; je ne pouvais plus rester. Alors nous allâmes ensemble chez moi et la Marina m'appela par la fenêtre. Dans l'escalier, nous trouvâmes Dorina et la vieille, qui s'agitaient frénétiquement, et nous dînâmes avec elles. Je dis à Dorina tout ce que je savais et elle, qui avait les yeux battus et ne pleurait pas, continuait à répéter que Carletto devait sortir. « Tu vas voir que sa bosse lui portera bonheur, disait Marina, elle lui a déjà porté bonheur une fois.

— Mais enfin, qu'est-ce qu'ils faisaient ? » demandai-je.

Il ne me fut pas possible de le savoir. Dorina était tellement convaincue que Carletto devait sortir qu'elle assurait même qu'il ne voyait pas le Commandant. Gina me dit, la nuit, que chez Carletto on avait trouvé des journaux et que le

Commandant avait sauté de son balcon en chemise de nuit.

« C'est Fabrizio qui te l'a dit ? »

Elle rit. « C'est Giuseppe qui me l'a dit. Il est venu te chercher. Ils savent tout, les camarades. »

Depuis deux jours, elle savait même que, si je sortais, on me donnerait ce papier. « Mais je ne peux pas me résigner, dit-elle, tu dois vraiment aller chez toi ? »

Puis ce fut le matin, et Marina nous fit le dernier café. Elle se souvint de son image et me dit, en présence de Gina : « Elle t'a accordé la grâce, la Madone. Tu as été malade.

— Quelle grâce ? » fait Gina.

Marina leva les yeux au ciel. « Tais-toi, lui dit-elle. Toi aussi, tu en as besoin. »

Nous fîmes donc ma valise et Dorina nous vit partir. « Quel chagrin ça me fait, me dit-elle, de te voir partir seul.

— Je le regrette moi aussi. Mais je suis sûr de vous trouver au *Mascherino* l'année prochaine.

— Pas tous. Giulianella va payer. »

Gina et moi, nous revînmes à la boutique. Je partais le soir. Alors que je fumais devant la porte, je vois Pippo qui se sauve. « Où va-t-il ?

— Giuseppe va venir, répondit Gina. Il veut te parler. »

Elle le dit comme si de rien n'était.

« Tu es folle ? »

Alors Gina hausse les épaules : « C'est ton travail.

— Autrefois tu pensais autrement.

— C'est le destin. »

Puis, quand Pippo fut revenu, j'allai avec elle au bistrot. « Tu veux venir à Turin ? » lui demandai-je.

Elle me regarda en baissant les yeux. « Je viens. »

Nous mangeâmes ensemble et nous discutâmes de la boutique. « Fais-toi aider par Giuseppe. Vous vendez la boutique et tu viens à Turin. »

Giuseppe arriva vers une heure. Il ne parla pas tellement de la Lungara. « On craignait qu'ils t'aient vu, me dit-il. Si ça se passait toujours comme ça. »

Puis il me dit qui il y avait à Turin. « Vois-les, dit-il, nous, de notre côté, on envoie quelqu'un. Il faut se méfier. »

Je lui parlai de la boutique et il dit : « D'accord. »

Ce qu'il voulait savoir, c'était si, avec le Commandant, tous ses hommes s'étaient fait prendre. « Derrière lui il y a quelqu'un, me dit-il. Il convient de garder les contacts.

— Ils n'aboutissent à rien.

— On ne sait pas. Ils représentent une force. »

Il me dit ensuite que Gino Scarpa était en Toscane et il s'en alla.

Ce jour-là, Gina voulut fermer la boutique. Je rangeai ma guitare mais d'abord j'en jouai. Gina écouta et me dit : « Allons à l'auberge. » Elle voulait dire cette route de campagne où nous étions allés avec les autres la première fois, le soir, en plein air. Je la pris sur mon cadre et nous traversâmes Rome. Cela me faisait un effet curieux de voir les rues. Entre la prison et mon départ ce soir, cela me semblait une nouvelle ville, la plus belle du monde, où les gens ne comprennent pas qu'ils sont satisfaits. Comme quand on pense qu'on a été enfant et qu'on dit : « Si j'avais su. Je pouvais jouer. » Mais si quelqu'un vous disait : « Tu peux jouer », vous ne sauriez même pas comment on commence. J'étais déjà un autre, détaché et content. Je regardais les auberges, les arbres noirs, les palais, les vieilles pierres et les nouvelles — et je comprenais qu'un soleil comme ça, on ne le voit pas deux fois. Que de fruits on vendait à Rome ! Les verts, les rouges, les jaunes sur les éventaires, c'était comme les couleurs du soleil. Il me vint à l'esprit qu'à Turin je mangerais des fruits et que je sentirais ainsi la saveur de Rome.

Nous arrivâmes. Gina me dit : « Que de choses je voudrais faire.

— Tu sais ce que c'est, dis-je alors. On n'a jamais le temps, c'est comme en cellule. On dit : “ Quand je sortirai, je veux m'en payer. Je veux faire les choses les plus insensées. ” Mais quand on sort et qu'on pourrait tout faire, on fait seulement ce qu'on faisait avant.

— Je voudrais que ce soit le premier jour. Quand tu n'étais pas encore venu.

— Demain ce sera comme ça.

— Tu me fais peur. Tu y es venu par hasard, à Rome.

— Ce n'est pas ça qui compte. Tout arrive. Il suffit de vouloir vraiment ce qu'on veut. »

Nous étions assis dehors, au soleil.

« Il n'y a pas beaucoup de choses que je veux, repris-je. Encore moins qu'avant.

— Scarpa disait qu'en prison, on est comme mort, dit-elle, ça fait peur quand on y pense.

— Tu ne dois pas y penser. »

Puis je lui dis : « Il y en a aussi qui meurent. Le tout est de tenir bon et de savoir pourquoi. »

Nous restâmes longtemps dans cette auberge et nous buvions. Gina jouait avec la grille et regardait le paysage sous le soleil. Les oiseaux volaient bas. Un chat vint et sauta sur la table. Gina aussi faisait le dos rond et restait enfermée sur elle-même.

Nous parlâmes encore de Turin et de la maison. Elle me parla de Carlottina et de ma mère. « Je les verrai quand j'irai à Turin ? » demandait-elle.

Nous rentrâmes à pied, vers le soir. Il y avait un soleil d'or entre les pierres et les arbres. C'était l'heure où, dans la prison, les gardiens frappent les barreaux. Je racontai à Gina l'histoire d'Amelio. Elle m'écouta en me tenant le bras.

« Il viendra à Rome, lui dis-je. Il viendra lui aussi. Comme les autres. »

Puis nous nous quittâmes à la porte de la boutique. Il faisait déjà nuit.

DU MÊME AUTEUR

Aux Éditions Gallimard

AVANT QUE LE COQ CHANTE.

LE BEL ÉTÉ.

LE MÉTIER DE VIVRE.

DIALOGUES AVEC LEUCO.

LA LUNE ET LES FEUX, *précédé de* LA PLAGE.

LE CAMARADE.

POÉSIE I : TRAVAILLER FATIGUE.

POÉSIE II : LA MORT VIENDRA ET ELLE AURA TES YEUX, *suivi de* POÉSIES VARIÉES.

LETTRES, 1924-1950.

NUITS DE FÊTE ET AUTRES RÉCITS, *suivi de* GRAND FEU.

SALUT MASINO.

COLLECTION FOLIO

Dernières parutions

3429. Marc Petit	*Architecte des glaces.*
3430. George Steiner	*Errata.*
3431. Michel Tournier	*Célébrations.*
3432. Abélard et Héloïse	*Correspondances.*
3433. Charles Baudelaire	*Correspondance.*
3434. Daniel Pennac	*Aux fruits de la passion.*
3435. Béroul	*Tristan et Yseut.*
3436. Christian Bobin	*Geai.*
3437. Alphone Boudard	*Chère visiteuse.*
3438. Jerome Charyn	*Mort d'un roi du tango.*
3439. Pietro Citati	*La lumière de la nuit.*
3440. Shûsaku Endô	*Une femme nommée Shizu.*
3441. Frédéric. H. Fajardie	*Quadrige.*
3442. Alain Finkielkraut	*L'ingratitude.* Conversation sur notre temps.
3443. Régis Jauffret	*Clémence Picot.*
3444. Pascale Kramer	*Onze ans plus tard.*
3445. Camille Laurens	*L'Avenir.*
3446. Alina Reyes	*Moha m'aime.*
3447. Jacques Tournier	*Des persiennes vert perroquet.*
3448. Anonyme	*Pyrame et Thisbé, Narcisse, Philomena.*
3449. Marcel Aymé	*Enjambées.*
3450. Patrick Lapeyre	*Sissy, c'est moi.*
3451. Emmanuel Moses	*Papernik.*
3452. Jacques Sternberg	*Le cœur froid.*
3453. Gérard Corbiau	*Le Roi danse.*
3455. Pierre Assouline	*Cartier-Bresson (L'œil du siècle).*
3456. Marie Darrieussecq	*Le mal de mer.*
3457. Jean-Paul Enthoven	*Les enfants de Saturne.*
3458. Bossuet	*Sermons. Le Carême du Louvre.*
3459. Philippe Labro	*Manuella.*

3460. J.M.G. Le Clézio — *Hasard* suivi de *Angoli Mala.*
3461. Joëlle Miquel — *Mal-aimés.*
3462. Pierre Pelot — *Debout dans le ventre blanc du silence.*
3463. J.-B. Pontalis — *L'enfant des limbes.*
3464. Jean-Noël Schifano — *La danse des ardents.*
3465. Bruno Tessarech — *La machine à écrire.*
3466. Sophie de Vilmorin — *Aimer encore.*
3467. Hésiode — *Théogonie* et autres poèmes.
3468. Jacques Bellefroid — *Les étoiles filantes.*
3469. Tonino Benacquista — *Tout à l'ego.*
3470. Philippe Delerm — *Mister Mouse.*
3471. Gérard Delteil — *Bugs.*
3472. Benoît Duteurtre — *Drôle de temps.*
3473. Philippe Le Guillou — *Les sept noms du peintre.*
3474. Alice Massat — *Le Ministère de l'intérieur.*
3475. Jean d'Ormesson — *Le rapport Gabriel.*
3476. Postel & Duchâtel — *Pandore et l'ouvre-boîte.*
3477. Gilbert Sinoué — *L'enfant de Bruges.*
3478. Driss Chraïbi — *Vu, lu, entendu.*
3479. Hitonari Tsuji — *Le Bouddha blanc.*
3480. Denis Diderot — *Les deux amis de Bourbonne* (à paraître).
3481. Daniel Boulanger — *Le miroitier.*
3482. Nicolas Bréhal — *Le sens de la nuit.*
3483. Michel del Castillo — *Colette, une certaine France.*
3484. Michèle Desbordes — *La demande.*
3485. Joël Egloff — *«Edmond Ganglion & fils».*
3486. Françoise Giroud — *Portraits sans retouches (1945-1955).*
3487. Jean-Marie Laclavetine — *Première ligne.*
3488. Patrick O'Brian — *Pablo Ruiz Picasso.*
3489. Ludmila Oulitskaïa — *De joyeuses funérailles.*
3490. Pierre Pelot — *La piste du Dakota.*
3491. Nathalie Rheims — *L'un pour l'autre.*
3492 Jean-Christophe Rufin — *Asmara et les causes perdues.*
3493. Anne Radcliffe — *Les Mystères d'Udolphe.*
3494. Ian McEwan — *Délire d'amour.*
3495. Joseph Mitchell — *Le secret de Joe Gould.*
3496. Robert Bober — *Berg et Beck.*
3497. Michel Braudeau — *Loin des forêts.*

3498.	Michel Braudeau	*Le livre de John.*
3499.	Philippe Caubère	*Les carnets d'un jeune homme.*
3500.	Jerome Charyn	*Frog.*
3501.	Catherine Cusset	*Le problème avec Jane.*
3502.	Catherine Cusset	*En toute innocence.*
3503.	Marguerite Duras	*Yann Andréa Steiner.*
3504.	Leslie Kaplan	*Le Psychanalyste.*
3505.	Gabriel Matzneff	*Les lèvres menteuses.*
3506.	Richard Millet	*La chambre d'ivoire...*
3507.	Boualem Sansal	*Le serment des barbares.*
3508.	Martin Amis	*Train de nuit.*
3509.	Andersen	*Contes choisis.*
3510.	Defoe	*Robinson Crusoé.*
3511.	Dumas	*Les Trois Mousquetaires.*
3512.	Flaubert	*Madame Bovary.*
3513.	Hugo	*Quatrevingt-treize.*
3514.	Prévost	*Manon Lescaut.*
3515.	Shakespeare	*Roméo et Juliette.*
3516.	Zola	*La Bête humaine.*
3517.	Zola	*Thérèse Raquin.*
3518.	Frédéric Beigbeder	*L'amour dure trois ans.*
3519.	Jacques Bellefroid	*Fille de joie.*
3520.	Emmanuel Carrère	*L'Adversaire.*
3521.	Réjean Ducharme	*Gros Mots.*
3522.	Timothy Findley	*La fille de l'Homme au Piano.*
3523.	Alexandre Jardin	*Autobiographie d'un amour.*
3524.	Frances Mayes	*Bella Italia.*
3525.	Dominique Rolin	*Journal amoureux.*
3526.	Dominique Sampiero	*Le ciel et la terre.*
3527.	Alain Veinstein	*Violante.*
3528.	Lajos Zilahy	*L'Ange de la Colère (Les Dukay tome II).*
3529.	Antoine de Baecque et Serge Toubiana	*François Truffaut.*
3530.	Dominique Bona	*Romain Gary.*
3531.	Gustave Flaubert	*Les Mémoires d'un fou. Novembre. Pyrénées-Corse. Voyage en Italie.*
3532.	Vladimir Nabokov	*Lolita.*
3533.	Philip Roth	*Pastorale américaine.*
3534.	Pascale Froment	*Roberto Succo.*

Impression Bussière Camedan Imprimeries
à Saint-Amand (Cher),
le 3 août 2001.
Dépôt légal : août 2001.
1er dépôt légal dans la collection : avril 1987.
Numéro d'imprimeur : 013556/1.
ISBN 2-07-037835-7./Imprimé en France.

5880